문학과지성 시인선 572

나는
오래된 거리처럼
너를 사랑하고

진은영 시집

문학과지성사

문학과지성사에서 펴낸 진은영의 시집

일곱 개의 단어로 된 사전(2003)
우리는 매일매일(2008)

문학과지성 시인선 572

나는 오래된 거리처럼 너를 사랑하고

초판 1쇄 발행 2022년 8월 31일
초판 30쇄 발행 2024년 12월 23일

지 은 이 진은영
펴 낸 이 이광호
주   간 이근혜
편   집 이근혜 김필균 이주이 허단 방원경 윤소진 유하은
펴 낸 곳 ㈜문학과지성사
등록번호 제1993-000098호
주   소 04034 서울 마포구 잔다리로7길 18(서교동 377-20)
전   화 02)338-7224
팩   스 02)323-4180(편집) 02)338-7221(영업)
전자우편 moonji@moonji.com
홈페이지 www.moonji.com

문학과지성 시인선 572

나는 오래된 거리처럼 너를 사랑하고

진은영

"불행이 건드리고 간 사람들 늘 혼자지."
헤르베르트의 시구를 자주 떠올렸다.
한 사람을 조금 덜 외롭게 해보려고
애쓰던 시간들이 흘러갔다.

2022년 8월
진은영

나는 오래된 거리처럼 너를 사랑하고

차례

시인의 말

Ⅰ. 사랑의 전문가

나는 당신에게 내가 함께 있다는 것을
전해줄 말들을 찾고 있어요.

—존 버거

청혼

나는 오래된 거리처럼 너를 사랑하고
별들은 벌들처럼 웅성거리고

여름에는 작은 은색 드럼을 치는 것처럼
네 손바닥을 두드리는 비를 줄게
과거에게 그랬듯 미래에게도 아첨하지 않을게

어린 시절 순결한 비누 거품 속에서 우리가 했던 맹세
들을 찾아
너의 팔에 모두 적어줄게
내가 나를 찾는 술래였던 시간을 모두 돌려줄게

나는 오래된 거리처럼 너를 사랑하고
벌들은 귓속의 별들처럼 웅성거리고

나는 인류가 아닌 단 한 여자를 위해
쓴잔을 죄다 마시겠지
슬픔이 나의 물컵에 담겨 있다 투명 유리 조각처럼

그러니까 시는

우리가 절망의 아교로 밤하늘에 붙인 별
그래, 죽은 아이들 얼굴
우수수 떨어졌다
어머니의 심장에, 단 하나의 검은 섬에

그러니까 시는
제법 볼륨이 있는 분노, 그게 나다! 수백 겹의 종이 호랑이가
레몬 한 조각에 젖는다
성냥개비들, 불꽃 한 점에 날뛴다

그러니까 시는
시여 네가 좋다
너와 함께 있으면
나는 나를 안을 수 있으니까

그러니까 시는
여기 있다

유리빌딩 그림자와
노란 타워크레인에서 추락하는 그림자 사이에
도서관에 놓인 시들어가는 스킨답서스 잎들
읽다가 덮은 책들 사이에
빛나는 기요틴처럼 닫힌 면접장 문틈에

잘려 나간 그림자에 뒤덮여서
돋아나는 버섯의 부드러운 얼굴

그러니까 시는
돌들의 동그란 무릎,
죽어가는 사람 옆에 고요히 모여 앉은

한밤중 쏟아지는
폐병쟁이 별들의 기침
언어의 벌집에서 붕붕대는 침묵의 말벌들

이 슬픔의 앙상한 다리는 어느 꽃술 위에 내려앉았나

내 속에 매달린

영원히 익지 않는 검은 열매 하나

당신의 고향집에 와서

나는 오늘 밤 잠든 당신의 등 위로
달팽이들을 모두 풀어놓을 거예요

술집 담벼락에 기대어 있던 창백한 담쟁이 잎이
창문 틈의 웅성거림을 따라와
우리의 붉은 잔 속에 마른 가지 끝을 넣어봅니다
이 앞을 오가면서도 당신은 아무것도 얻어 마시질 못
했죠
아버지를 부르러 수없이 드나든 이곳의 문을 열고 맡
던 냄새와 표정과 무늬들
그 여름 당신은 마당 가운데 고무 목욕통의 저수지에
익사할 뻔한 작은 아이였어요
아 저 문방구 앞, 떡갈나무 아래, 거기가
당신이 열매를 줍거나 유리구슬 몇 개를 따기 위해
처음으로 희고 부드러운 무릎을 꿇었던 곳이군요
한참을 머뭇거리던 나의 손을 잡고
어린 시절이 숨어 있던 은유의 커다란 옷장에서
나를 꺼내 데려가주세요
얇은 잠옷 차림으로 창문 너머 별을 타고 야반도주하

는 연인들처럼 가볍게

들판의 귀리 싹이 몇 인치의 초록으로 땅을 들어 올리듯

차력사인 봄을 불러다 주세요

붉은 담쟁이 잎이 잔 속에서 피어나고 흰 양털 장화 속이 축축해지도록 눈 내립니다

별과 알코올을 태운 젖은 재들 휘날립니다

내가 고백할 수 있도록

아버지의 술냄새로 문패를 달았던 파란 대문, 욕설에 떨어져 나간 문고리와 골목길

널, 죽일 거야 낙서로 가득했던 담벼락들과 집고양이, 길고양이, 모든 울음을 불러주세요

당신이 손을 잡았던 어린 시절의 여자아이, 남자아이들의 두근거리는 심장,

잃어버린 장갑과 우산, 죽은 딱정벌레들, 부러진 작은 나뭇가지와 다 써버린 산수 공책

마을 전체를 불러다 줘요

다리 잘린 그들의

기다란 목과

두 팔과

눈 내리는 언덕처럼 새하얀 등 위로

나는 사랑의 민달팽이들을 풀어놓을 겁니다

어울린다

너에게는 피에 젖은 오후가 어울린다
죽은 나무 트럼펫이
바람에 황금빛 소음을 불어댄다

너에게는 이런 희망이 어울린다
식초에 담가둔 흰 달걀들처럼 부서지는 희망이

너에게는 2월이 잘 어울린다
하루나 이틀쯤 모자라는 슬픔이

너에게는 토요일이 잘 어울린다
부서진 벤치에 앉아 누군가 내내 기다리던

너에게는 촛불 앞에서 흔들리는 흰 얼굴이 어울린다
어둠과 빛을 아는 인어의 얼굴이

나는 조용한 개들과 잠든 깃털,
새벽의 술집에서 잃어버린 시구를 찾고 있다 너에게
어울리는

너에게는 내가 잘 어울린다

우리는 손을 잡고 어둠을 헤엄치고 빛 속을 걷는다

네 손에는 끈적거리는 달콤한 망고들

네 영혼에는 망각을 자르는 가위들 솟아나는 저녁이

잘 어울린다

너에게는 어린 시절의 비밀이

너에게는 빈 새장이 어울린다

피에 젖은 오후의 하늘로 날아오르는 새들이

사랑합니다

내 모든 게 마음에 든다고
너는 말했다
남색과 노랑의 대비처럼

사막을 걷는 중이라고
너는 말했다
환상의 바다를 쏟으면서

너는 말했다
시간은 가득한 거야
달콤한 과일 속에 검은 벌레들로

내 심장은 밀랍사과
약속의 심지가
네가 뱉은 모래의 입속에서 타오른다

너는 말했다
아름다운 밤들이 모래처럼 쌓인
사막이 있을 거야

밤이 에나멜 구두처럼 반짝거렸다

맨발로 어디든—

　　　갈 수 있을 것 같았다

봄에 죽은 아이

막을 수 없는 일들과 막을 수 있는 일들
두 손에 나누어 쥔 유리구슬
어느 쪽이 조금 더 많은지
슬픔의 시험문제는 하느님만 맞히실까?

부드러운 작은 몸이 그렇게 굳어버렸다
어느 오후 미리 짜놓아 굳어버린
팔레트 위의 물감, 종이 울린 미술 시간
그릴 것은 정하지도 못했는데

초봄 작은 나뭇잎에 쌓이는
네 눈빛이 너무 무거울까 봐 눈을 감았다
좋아하던 소녀의
부드러운 윗입술이 아랫입술과 만나듯
너는 죽음과 만났다

다행이지, 어른에게 하루는 배고픈 개들
온종일의 나쁜 기억을 입에 물고 어디론가 사라져버
리는

그러니 개장수 하느님께 네가 좀 졸라다오
오늘 이 봄날
슬픔의 커다란 뼈를 던져 줄 개들을
빨리 아빠에게 보내달라고

세월이 어서 가고 너의 아빠도
말랑한 보랏빛 가지를 씹어 그걸 쉽게 삼키듯
죽음을 삼킬 테지만

그 전에, 봄의 잠시 벌어진 입속으로
프리지어 향기, 설탕에 파묻힌 이빨들은
사랑과 삶을 발음하고

오늘은 나도 그런 노래를 부르련다
비좁은 장소에 너무 오래 서 있던 한 사람을 위해
코끼리의 커다란 귀같이 제법 넓은 노래를
봄날에 죽은 착한 아이, 너를 위해

모자

마술사의 모자 속에는 무엇이 남을까
제일 먼저 비둘기
그리고 분홍 토끼가 뛰어나온다

권태의 탁자에 은색 클립처럼 작은 번개가 치고
잘 마른 표면이 쩍 갈라지지
젖은 깃털들의 폭소폭소

사랑하는 이의 모자 속에는 무엇이
남을까

가슴이 먼저 튀어나오고
두 손이 공손히 머리를 벗어 들고
담아온 것 전부를 쏟으며 날 보며 인사했네
안녕!이라고

가을 하늘은 파란 모래처럼 쏟아지고
파란 모래

싸우는 이의 모자 속에는 무엇이
남을까

땀의 완두콩, 그거 부드럽지만 헛된 슬픔의 총알
참새와 애벌레들의 후원금
먼저 죽은 친구 얼굴이 자색 양파처럼 굴러 나오고
그리고 약속의 절벽
그에게 들려줘야 할 깎이지 않는 한마디
── 내가 계속할게

나비들은 피의 눈송이처럼 날아가고
피의 눈송이

죽은 이의 모자 속에는 무엇이
남을까

어둠의 이마에서 흘러내린 한 방울
내 유리 심장
　　깨진 어항에

그가 마지막으로 담았던 눈빛의 작은 지느러미
── 나 여기 있어

구름은 하얀 풍선들처럼 묘지로 달아나고
하얀 풍선들

젖은 바닥에 모두 누워 있다
바다처럼

시인의 모자 속에는 무엇이
남을까

아무것도 나오지 않는다
사물의 둘레에, 관념의 둘레에 푹 눌러쓴
두 글자가 모자라는 말
채워야 하는 것, 그게 뭔지 도무지 모르겠어
나는 모자라는 것을 쓰고 온종일 걸어 다녔다

시간의 머리칼이 미친 듯 달아나는

부재의 머리통에

모자를 깊이 눌러쓰고서

(넌 아까부터 뭐라는 거야)

카살스

음악은 — 밤의 망가진 다리
하느님이 다리를 절며
걸어 나오신다

음악은 — 영혼의 가느다란
빛나는 갈비뼈
물질의 얇은 살갗을 뚫고 나온

음악은 — 호박琥珀에 갇힌 푸른 깃털
한 사람이 나무로 만든 심장 속에서
시간의 보석을 부수고 있다

음악은 — 무의미
우주 끝까지 닿아 있는 부드러운 달의 날개 아래서
길들은 펼쳐졌다 잠이 들었지

사랑의 전문가

나는 엉망이야 그렇지만 너는 사랑의 마법을 사랑했지. 나는 돌멩이의 일종이었는데 네가 건드리자 가장 연한 싹이 돋아났어. 너는 마법을 부리길 좋아해. 나는 식물의 일종이었는데 네가 부러뜨리자 새빨간 피가 땅 위로 하염없이 흘러갔어. 너의 마법을 확신한다. 나는 바다의 일종. 네가 흰 발가락을 담그자 기름처럼 타올랐어. 너는 사랑의 마법사, 그 방면의 전문가. 나는 기름의 일종이었는데, 오 나의 불타오를 준비. 너는 나를 사랑했었다. 폐유로 가득 찬 유조선이 부서지며 침몰할 때, 나는 슬픔과 망각을 섞지 못한다. 푸른 물과 기름처럼. 물 위를 떠돌며 영원히

조직생활자

그대는 오르페우스와 정반대의 혀를 가지고 있구나
그자는 목소리로 모든 것을 기쁨으로 이끌었지만……
— 아이스킬로스, 『아가멤논』

커튼이 아니다. 나는 드리워져 있지 않다 해 드는 일
없는 작은 창문 위에. 추위와 고독에 맞서지 않는다. 폐쇄
적이지 않다 결코. 두 팔을 벌리고 서 있다 흔들리는 빌
딩들 사이 외줄에. 균형을 잡으려고. 완강한 거부의 몸짓
으로. 나는 열려 있다. 아무도 숨겨줄 수가 없다 나 자신
조차도.

부정의 십자가. 완전한 항복이오. 찔린 옆구리에서, 막
생겨난 새하얀 두 다리를 따라 자의식의 검은 피가 흘러
내렸소. 모두 빠져나갔다 회합의 골고다 언덕 사이로. 둥
근 돌 모양의 회의 탁자 하나. 손가락과 입술이 빠르게
회전한다. 나는 늘 떠나가는 사람, 거기 남아 있는 것처럼
교묘하게

어디로든 떠나지 못하고
나는 존재한다 푸른 액자 속에
상반신만 그려진 인물처럼.

파울 클레의 관찰 일기

사랑이나 이별의 깨끗한 얼굴을 내밀기 좋아한다
　그러나 사랑의 신은 공중화장실 비누같이 닳은 얼굴을
하고서 내게 온다
　두 손을 문지르며 사라질 때까지 경배하지만
　찝찝한 기분은 지워지지 않는다

　전쟁과 전쟁의 심벌즈는 내 유리 손가락, 붓에 담긴 온
기와 확신을 깨버렸다
　안녕 나의 죽은 친구들
　우리의 어린 시절은 흩어지지 않고
　작은 과일나무 언저리에 머물러 있다
　그 시절 키 높이만큼 낮게 흐르는 구름 속으로 손을 넣
으면
　물감으로 쓸 만한 열매 몇 개쯤은 딸 수 있다, 아직도

　여러 밝기의 붉은색과 고통들
　그럴 때면 나폴리 여행에서 가져온 물고기의 색채를
　기하학의 정원에 풀어놓기도 한다

나는 동판화의 가는 틈새로 바라보았다
슬픔이 소녀들의 가슴을 파내는 것을
그들이 절망을 한쪽 가슴으로 삼아 노래를 쏘아 올리
는 것을

나는 짧게 깎인 날개로 날아오르려고 했다
조금씩 부서지는 누런 하늘의 모서리
나쁜 소식이 재처럼 쌓인 화관을 쓰고

나는 본 것으로부터 멀어지려 했다
영원히 날아가려 했다
폼페이의 잔해 더미에 그려진
수탉들처럼

　　　어찌할 수 없는 폭풍이 이 모든 폐허를
들어 올릴 것이다

"인간은 어떻게 그 절망에 이르게 되었는지 알 때
절망 속에서도 살아갈 수 있다"고

나를 좋아하던 어느 문예비평가가 말했다지만, 글
쎄……

그는 국경 근처에서 변사체로 발견되었다

나는 해부학과 푸생, 밀레와 다비드를 공부했고

이성과 광기의 폴리포니를 분간할 줄 아는 두 귀에,

광학을 가르치고 폐병과 심장병의 합병증에도 정통했
지만

슬픔으로 얼룩진 내 얼굴과의 경쟁에선 번번이 패배했
다[2]

그때마다 나는 세네치오를 불렀고

부화하기 전의 노른자처럼 충혈된 그가 왔다

생일

사랑의 간장병을 쏟으신다 하얀 종이에
가장 맛 좋았던 내 유년 시절에
달팽이 눈처럼 얌전한 하루가 솟아오르고
엄마, 이건 너무 짜요

아니, 어머니 물을 주셨다
내 몸의 슬픔이 완두콩처럼 자라났다
달까지 무성하게

초록 유리처럼 나를 찌르면서
숲은 자라났다

어머니 생을 주셔서 감사해요
존재의 가시에 찔리면서
엮은 부재의 장미꽃 한 다발을

당신은 갈비뼈를 뽑아
남자 대신 나를 만드셨다

흰 냉장고 문에 비친 피투성이 내 얼굴

불확실하게 반짝거린다

남아 있는 것들

나에게는 끄적거린 시들이 남아 있고 그것들은 따듯하
고 축축하고 별 볼 일 없을 테지만 내게는 반쯤 녹아버린
주석주전자가 남아 있고 술을 담을 순 없지만 그걸 바라
보는 내 퀭한 눈이 있고 그 속에 네가 있고 회색 담벼락
에 머리를 짓이긴 붉은 페인트 붓처럼 희끗해진 머리카
락을 헝클어놓은 네가 있고, 젖은 바지들의 돛, 아침의 기
슭엔 면도한 얼굴로 말끔하게 희망이, 오후가 되면 거뭇
거뭇 올라오는 수염 같은 절망이 남아 있고 또다시 아침,
부서질 마음의 선박과 원자로들이, 잘 묶인 매듭처럼 반
드시 풀리는 나의 죽음이 남아 있고

종이

태초에 하느님, 종이를 만드셨다.
종이로 수많은 별들을 접다가 피곤해지셨다.
종이 위에 은유의 침[3]을 흘리며 깊은 잠에 빠지셨어.

날개 달린 완전한 기쁨 멀리 달아난다. 그러면
얇은 피부의 파란 정맥같이 흘러가는 슬픔 하나
내가 그릴 수 있다.
고요히 펼쳐진 여기에

폭우는 잠시 내리지 않는다.
네 개의 흰 돛처럼 팽팽한 침묵을 달고
나는 나아가리라, 천천히
깨진 도토리 껍질의 반쪽으로
줄어드는 필연의 섬을 향해.

하느님 외치신다,
눈 뜨고 잠든 채로
— 안 돼! 종이로는.
그의 요란한 잠꼬대가

제지공장에 세워둔 재고 종이기둥 구멍에서
금빛 트럼펫처럼 울린다.

하긴, 상상해보라
종이로 접힌 수만 종의 동물을.
노아의 방주도 소용없을 테니……
약속의 무지개가 뜨면서 떨어뜨린 검은 한 방울에
영혼까지 젖어 흐물거리는 종種을 무엇에 쓰겠는가.

나는 졸린 얼굴로 내려다본다, 자꾸 감기는 눈으로
임시 사막의 작은 하늘 아래
노트의 희미한 점선처럼 줄지어 가는 세상의 먹구름을,
그들을 따라 흐르는 충혈된 두 눈을. 그러면

고요한 침엽수들로 찌르고 싶다,
인정머리 없는 하느님의 눈동자를.
꿈의 대홍수─잠가뒀다 일제히 열리는 자동 수도꼭
지 같은 거 말고
그가 고통으로 눈 못 뜬 채 뿌리는

국지성 호우에 익사하고 싶다.

임시 사막의 작은 하늘 아래서
나는 기다린다.
육화된 질문,
한 줄의 문장이 언제쯤 흘러내릴까.
존재의 메마른 진흙 위에
신이 잠든 노란 달밤 위에

한 줄기 비로—
한 줄기 피로—

봄의 노란 유리 도미노를

너는 건드렸다
컵들은 다 깨졌어
사랑하는 이여, 금 간 컵들에 대해 변명할 필요가 없다
나를 이 몹쓸 바닥에서
       쓸어 담아줘

Ⅱ. 한 아이에게

한 아이가 햇빛의 우화와
푸른 예배당의 전설과
귀에 젖은 아이 시절의 들판을 통하여
엄마와 거닐던 아침들을
너무나도 선명히 되살렸기에

아이의 눈물이 내 뺨 적시고
아이의 심장이 내 심장 안에 움직였다.

—— 딜런 토머스

우주의 옷장 속에서

옷장 속에서 사랑을 했네
하늘의 흰 무릎이 내려와
땅의 더러운 무릎에 닿았네
간지러워 나무들은 재채기했네
가슴이 부끄러워 두 개의 언덕으로 솟아났네
놀라서 구름은 달아나고
아름다워서 웃음이 흩어졌네
아아 너무 웃어 비가 내리네
하얗고 더럽고 무서운
알몸으로 나는 쏟아졌네
흐르는 별처럼
밤의 깨진 술병 속으로

얼굴 위로
텅 빈 옷걸이들 흔들리네

올랜도

오래된 비밀 하나 말해줄까, 나는 사포였다

다시 태어나는 조건으로 나의 뮤즈, 내 자매들을 신에
게 헌납했다

그러나 욕망은 악착같은 것

모든 재능이 사라진 후에도 남아 있다

쓰지 않는 손이 줄 끊어지는 순간의 악기처럼 떨린다

나는 잿빛 곱수머리, 칼날을 쥔 유디트였다

다시 태어나기 위해 모든 용기의 목을 잘라 삶에게 가
져갔다

그래도 희망은 여인 곁에 누워 있다

이 빠진 노파의 쭈그러든 젖을 빨며 울다 잠든 아기
처럼

나는 햄릿이 사랑한 요릭

다시 태어나려고 익살을 전부 팔았다

질문은 핵심을 비껴간다, 안와에서 빠져나간 눈알처럼

껍질을 부수지 않고 노른자를 맛보려는 왕들은 어찌
가르쳐야 하나요

죽음의 간을 맞추려고 마지막 풍자까지 써버렸는데

나는 해운사에 취직한 이스마엘
배를 탔다, 하늘은 붉고 시간은 흰 돛과 함께 물 밑으
로 사라졌다
나의 하느님, 전당포에 앉아 계신 인색한 하느님
얼마나 값을 쳐주시려고
이 많은 영혼을 당신 속주머니에 챙겨 넣으셨나요?
겨우 고관대작을 위한 은그릇 몇 개 내주실 작정이면서

올랜도, 나 올랜도는 모든 사람을 상실한 후에 태어
났다
내게 남겨진 것이라고는 나 자신의 현존
모든 상실을 보기 위한 두 눈과
본 것을 말해야 할 작고 흰 입술을 가지고서

올랜도, 우리가 모든 슬픔보다 더 오래 살아남았다

그날 이후

아빠 미안

2킬로그램 조금 넘게, 너무 조그맣게 태어나서 미안

스무 살도 못 되게, 너무 조금 곁에 머물러서 미안

엄마 미안

밤에 학원 갈 때 휴대폰 충전 안 해놓고 걱정시켜 미안

이번에 배에서 돌아올 때도 일주일이나 연락 못 해서
미안

할머니, 지나간 세월의 눈물을 합한 것보다 더 많은 눈
물을 흘리게 해서 미안

할머니랑 함께 부침개를 부치며

나의 삶이 노릇노릇 따뜻하게 익어가는 걸 보여주지
못해서 미안

아빠 엄마 미안

아빠의 지친 머리 위로 비가 눈물처럼 내리게 해서
미안

아빠, 자꾸만 바람이 서글픈 속삭임으로 불게 해서

미안

　엄마, 가을의 모든 빛깔이 어울리는 엄마에게 검은 셔
츠만 입게 해서 미안

　엄마, 여기에도 아빠의 넓은 등처럼 나를 업어주는 뭉
게구름이 있어

　여기에도 친구들이 달아준 리본처럼 구름 사이에 햇빛
이 따듯하게 펄럭이고

　여기에도 똑같이 주홍빛 해가 저물어

　엄마 아빠가 기억의 기둥들 사이에 매달아놓은 해먹이
있어

　그 해먹에 누워 한숨 자고 나면

　여전히 나는 볼이 통통하고, 얌전한 귀 뒤로 긴 머리카
락을 쓸어 넘기는 아이

　슬픔의 대가족들 사이에서도 힘을 내는 씩씩한 엄마
아빠의 아이

　아빠, 여기에는 친구들도 있어

　이렇게 말해주는 국어 선생님도 있어

"쌍꺼풀 없이 고요하게 둥그레지는 눈매가 넌 참 예쁘"

"너는 어쩌면 그리 목소리가 곱니,
 생머리가 물 위의 별빛처럼 그리 빛나니"

엄마! 아빠! 벚꽃 지는 벤치에서 내가 친구들과 부르던 노래 기억나?

나는 기타 치는 소년과 노래 부르는 소녀들 사이에 있어

음악을 만지는 것처럼 부드러운 털을 가진 고양이들과 있어

내가 좋아하는 엄마의 밤길 마중과 분홍색 손거울과 함께 있어

거울에 담긴 열일곱 살, 맑은 내 얼굴과 함께, 여기 사이좋게 있어

아빠, 내가 애들과 노느라 꿈에 자주 못 가도 슬퍼하지 마

아빠, 새벽 세 시에 안 자고 일어나 내 사진 자꾸 보

지 마

아빠, 내가 친구들이 더 좋아져도 삐치지 마

엄마, 아빠 삐치면 나 대신 꼭 안아줘

하은 언니, 엄마 슬퍼하면 나 대신 꼭 안아줘

성은아, 언니 슬퍼하면 네가 좋아하는 레모네이드를

타줘

지은아, 성은이가 슬퍼하면 나 대신 노래 불러줘

아빠, 지은이가 슬퍼하면 나 대신 두둥실 업어줘

이모, 엄마 아빠의 지친 어깨를 꼭 감싸줘

친구들아, 우리 가족의 눈물을 닦아줘

나의 쌍둥이, 하은 언니 고마워

나와 손잡고 세상에 와줘서 정말 고마워

나는 여기서, 언니는 거기서 엄마 아빠 동생들을 지

키자

나는 언니가 행복한 시간만큼 똑같이 행복하고

나는 언니가 사랑받는 시간만큼 똑같이 사랑받을 거야

그니까 언니, 알지?

아빠 아빠

나는 슬픔의 큰 홍수 뒤에 뜨는 무지개 같은 아이

하늘에서 제일 멋진 이름을 가진 아이로 만들어줘 고마워

엄마 엄마

내가 부르고 싶은 노래들 중 가장 맑은 노래

진실을 밝히는 노래를 함께 불러줘 고마워

엄마 아빠, 그날 이후에도 더 많이 사랑해줘 고마워

엄마 아빠, 아프게 사랑해줘 고마워

엄마 아빠, 나를 위해 걷고, 나를 위해 굶고, 나를 위해 외치고 싸우고

나는 세상에서 가장 성실하고 정직한 엄마 아빠로 살려는 두 사람의 아이 예은이야

나는 그날 이후에도 영원히 사랑받는 아이, 우리 모두의 예은이

오늘은 나의 생일이야[4]

48

뱀 이야기

찢어진 붉은 이마에 긴 천을 감아주던
부드러운 노래의 손길은 사라졌다
따라 부를 수 있지만 먼저 부를 수 없는 소절들이
썩은 앵두 냄새로
가시 울타리 근처에 오래 흔들린다

네가 두고 간 남빛 유리병을
희고 부드러운 목으로
바닥에서 주둥이까지 휘감아 오르며
부수는 시간

아주 큰 죄를 짓고 싶다
기억이 물의 트럼펫을 마른 귓속으로 불어댄다

쉰 곡식 냄새가 풍기는
입술 속에서의 기다림

단조로운 시

지나가는 개와 슬픈 고양이
트위터의 이름처럼
다정한 소녀들과 이야기하고 싶다

사랑의 흰색에 대해 쓰면서
네가 얼마나 내 뺨을 창백하게 했는지

내 사랑
한 줄로 된 현악기
울리거나 멈추거나

나도 알아
내가 단조로……운 밤이라는 거
하얀 도화지에 흰 조각 모자이크

죽은 이들의 이름을 다채롭게 사칭하면서
네 곁으로 가고 싶다

모든 게 정확히 틀렸다

제 자리에서

정확히 말해야 해, 정확히 말하기 싫어
무언가 검정 얼음 속에서 녹고 있어!

꿈과 죽은 자들
시와 너는
똑같다

모두 이곳에 없었던 것
없어서 내 심장이 소리쳐 불렀던 것

천칭자리 위에서 스무 살이 된 예은에게

> 슬픔은 가장 사랑스러운 보석일 거요,
> 모든 사람이 그리 아름답게 슬픔을 착용한다면.
> ── 셰익스피어, 『리어왕』

너와 만났다면
가을 하늘에 대해 이야기 나눴을 거야
서정주나 셰익스피어, 딜런 토머스
너와 같은 별자리에서 태어난 시인들에 대해
종이배처럼 흘러가버린 봄날의 수학여행과
친구들의 달라진 옷맵시에 대해

나뭇잎이 초록에서 주황으로 빠르게 변하는 그늘 아래
우리가 함께 있었다면
너는 가수가 되는 꿈에서 시인이 되는 꿈으로
도에서 라로, 혹은 시에서 미로
건너뛰었을지도 모르지
노래에서 노래로, 삶에서 삶으로

그것들은 서로 가까이 있으니까

누군가의 손으로 흩어졌다
그 손에 붙들려 한곳에 모여드는 카드 패들처럼

그러면 흰머리가 많이 늘어난 아빠는
네가 2학년 3반이었는지, 4반이었는지 잘 기억나지
않아
애야 그때 네가 몇 반이었더라,
허허 웃으며 계속 되물으셨을 텐데
예은아 이쪽의 새치 좀 뽑아다오, 웃으셨을 텐데

너는 이제 다 커버렸는데
그때나 지금이나 우리는 똑같다
바뀐 그림 하나 없이

어린 소녀에서 어린 청년으로
아이에서 농민으로
바다에서 지하도로, 혹은 공장으로
너무 푸른 죽음의 잎들
가을인데, 떨어지지 않고 전부 붙어 있다

그렇지만 네가 사는 별,
모든 것이 제때에 지는 법을 배우는 거기에서
애야, 너의 시인들은 여전히 아름다운 시를 쓰고 있겠지?
바람 소리로 귀뚜라미의 은반지로 침묵의 소네트로

예은아 거기서도 들리니? 아빠의 목소리가
"얘들아, 어서 벗자 이건 너희들이 입기엔 너무 사이즈
가 큰 슬픔이다"
예은아 거기서도 보이니?
모두에게 제대로 마른 걸 입히려고 진실의 옷을 짓는
엄마가

너와 친구들 얼굴이
맑은 물, 돌들 밑
은빛 물고기처럼 숨어 있다 나타난다
모두 알고 있다 안 보이지만 너희가 거기 있다는 걸

예은아, 진실과 영혼은 너무 가볍구나

거짓됨에 비해,
진실과 영혼은 너무 가볍구나
모시옷처럼
등 뒤에 돋는 날개처럼

양팔 저울의 접시에 고이는 네 눈물
너의 별 쪽으로 더 기울어지려고
광장 위 가을 하늘이 자꾸만 태어났다 쏟아진다

내가 할 수 있는 것과 할 수 없는 것에 대하여

무한한 녹색 심장을 찌를 수 있다

빛나는 여름의 몸속을 흘러가는 모든 동맥을 끊어놓을 수 있다

나뭇잎을 날카롭게 휘두르며 가로수 길을 난자할 수 있다

나는 수만 개의 핏방울이 금붕어처럼 튀어 오르는

가지들 사이에서 팔딱거릴 수 있다

그러면 나무 위에서 얌전히 죽어가던 가을 아침을 불러낼 수 있다

나는 죽은 사람을 살릴 수 있다

가을은 독을 삼킨 로미오처럼 기어 온다

죽어가는 내 곁에서 죽어가려고

나는 가을을 불러낼 수 있다

모르는 곳에서 함께 죽어가려고

나는 산 사람의 입술을 영원히 살릴 수 있다

모든 별 속 반짝이는 공포와 내 연인의 운명과 해바라기의 노란 거품에 대해, 수치심과 분홍 리본을 함께 묶는 법

진실이 키우는 방울뱀의 교활함과 푸른 겨드랑이의 온

도와

삼각형에서 흘러나오는 벌꿀 냄새에 대해

단 한 개의 글자로 적을 수 있다

물의 노래와 불의 노래를, 운명의 음계와 의지의 음
계를

바꿔 부를 수 있다

식어가는 바람의 가는 손목을 잡고 긴 강을 건널 수도
있다, 그런데

한 발짝도

움직일 수가 없다

하나의 영원에서 다른 영원으로 날아가는 붉은 단도
처럼

네 얼굴 위로

잎들이 쏟아지는 동안

활활 불타는 문고리를 오래 잡고 있기라도 하듯이

지금 네가 여는 것이 무엇인지 알지 못한 채

그 잎 하나를

가만히 쥐어보는 동안에

빨간 풍선

언젠가 내게도
빨간 풍선 같은 소녀가 하나 있었지

빨간 풍선이 알려준 것은
장미맛 마카롱 가게가 있는 골목
아픈 왼쪽 어깨에 붙이던 동전파스를 파는 시장

빨간 풍선은 높이 올라갔지
내 심장의 꼭 쥔 주먹이
종이처럼 스르르
펼쳐졌을 때

　　　너는 얼마나 멀리 날아갈까
　　　　　　네 몫의 어리석음으로부터

언젠가 풍선은 팡 터지겠지
부드러운 입술 사이로 우리가 주고받던 숨결은
어디로 흩어질까

흰 구름 사이
늘 쏟아지는 나의 하늘
풍선 조각이 떨어진, 빨간 구석

언젠가
내게도 빨간 풍선 같은
소녀가 있었지
아니 소년? 빨간 풍선이었던가?

　　너는 얼마나 멀리 날아갈까
　　　　네 몫의 아름다움으로부터

나는 도망 중

머릿속에 놓인 누군가의 일기장
펼치면 한 줄도 씌어 있지 않다
무기력의 종이 위에

나는 따스한 손바닥으로
펜을 쥐었어, 부화시키려고
그가 살아야 할 이유의 알들을

그거 알아? 나는 생쥐가 파충류인 줄 알았어
그거 알아? 나는 이 별이 내 별인 줄 알았어
그거 알아? 내가 남자인 줄 알았어
그거 알아? 나는 펠릭스를 훔쳤습니다
그거 알아? 계산이 잘못되었다
그거 알아? 슬픔이 하느님보다 힘세다는 거
그거 알아? 너는 텅 빈 목욕통에 남겨졌다
그거 알아? 하루도 쉬지 않고 매일매일이 찾아왔어
그거 알아? 죽은 친구의 소식을 가져온 우편배달부를
위로했어
그거 알아? 노른자가 깨졌다 식탁 위에서

나는 단단하게 살아 있다! 잘 익은 간처럼

아빠

애야
아빠는 물속으로 걸어 들어가신 거야 그러니까
우리는 가라앉은 배 속에서 모닥불을 피우고 있는
거야

나는 이 아이를 안아본 적이 없다
이 아이의 손을 잡아본 적이 없다

감정의 원근법이 맞지 않습니다

너와 나의 먼 거리를
아빠가 두 장의 젖은 종이처럼 딱 붙이신다
멈추지 않는 눈물로

십자가에 꿰뚫린 채 돌아다니는 작은 양들, 진창 속
에서
관절이 뒤틀린 채 피어나는 꽃줄기
흰 무릎아, 넌 기어서 어디로 가는 거니

진실이 어서 세상으로 나오기를
갈비뼈를 부수고 튀어나온 심장처럼

얘야, 그런 순간이 오겠지?
아빠가 물으신다
기억의 앙상한 손가락으로 네 젖은 머리를 쓰다듬으며

그때까지
우리는 의심의 회색사과를 나눠 먹을 거야

진실이여, 너에게 주고 싶다
너울거리는 은유의 옷이 아니라
은유의 살갗을

벗기면 영혼이 찢어지는 그런 거

언제나

삶은 부사副詞와 같다고
언제나 낫에 묻은 봄풀의 부드러운 향기
언제나 어느 나라 왕자의 온화한 나무조각상에 남는
칼자국
언제나 피, 땀, 죽음
그 뒤에, 언제나 노래가
태양이 몽롱해질 정도로
언제나
너의 빛

봄여름가을겨울의 모놀로그

세입자: 벽과 지붕과 창문을 잃어버렸다 집보다 큰 상
자들이 쌓여 있다

집주인:

종이배: 내가 어디로 흘러갈지 너는 알고 있지?

바다:

왕비: 거울은 썩은 알처럼 내 앞에 있다 그 속에서 아
무도 태어나지 않고, 빨간 사과는 가을의 홀로그램처럼

백설공주:

어머니:

눈사람: 사랑으로 우리를 녹이는 어머니, 언제나 無
를 낳으시는

시인 만세

스스로 놀란다
지난해 최고의 낙담은 청약 당첨에서 두 번이나 떨어
진 것
중대재해법 반쪽 통과도
세월호 관련자 무죄 판결도 아니었다는 점에

꿈의 집도—
현실의 집도— 가질 수 없다

나선으로 날아오르는 시의 천사를 봤다는 사람
그의 뒤를 쫓는다
추격의 날갯짓이 전진과 후진의 끝나지 않는 시소게임
을 닮았다
노란 나방과 아이에게서 배운 부질없이 허약한

어리석었다
유년의 낙원을 즐겁게 떠나왔다
학기가 끝나면 돌아갈 수 있다고 믿는
기숙사 아이들처럼

시의 자명종,
세계사의 푹신한 침대 위에서 요란하게 울리는—
그런 아침이 올까

이런 질문을 마지막으로 한 것이 언제였을까
조간신문의 양 날개를 펼치며—
홍조 띤 얼굴을 가리며—

한 시인에게 보내는 편지
── 위트 앤 시니컬에서

1

당신은 나와 달라요
비스와바
당신의 시가 아름다운 이유는
열네 살 때 도스토옙스키 전집을 독파하고
열네 살 때 너무나 사랑하는 아버지가 돌아가셔서일는
지도 모르죠

달라요
내 곁에는 아버지가 살아 계시고
여전히 난 가난한 도둑처럼 살고 있어요
책의 셋집을 옮겨 다니며 다른 이에게서 훔쳐 온 것들로

그래, 열네 살 때도 훔치고 있었지
봄날 중학교 근처에서 내 앞을 걸어가던 소년의 새파
란 뒤통수를
국어 책에 숨겨두었어
무엇을 독파했더라?
녹색 체육복을 입고 학교 철봉에 거꾸로 매달려

함께 매달린 세계의 이상한 호주머니 속에서─모래밭
으로
와르르 쏟아지던 글자들
전부 읽었는데, 기억나지 않는다

어쨌든
아버지 죽지 마세요 이미 늦으셨어요
기억할 수도 없이 오래전에 저는 열네 살이 지났고
당신을 별로, 사랑하지 않았습니다

2
비스와바, 지금 읽고 있어요
당신의 마지막 시집은 『충분하다』
충분하다 충분하다
핏빛 육질 같은 세상에 소금처럼 뿌려지는 전쟁들,
집 잃은 아이 무릎에서 잠드는 고양이의 따듯함,
사나운 폭풍 속, 모든 데서 날아오르는 용서의 모래알이

단 한 곳에서 종전을 알리는 라디오
장밋빛 귀를 바짝 대고 당신은
항복 선언서를 더듬거리는 연인의 목소리가
폭탄 터진 뒤의 도시로 흩어지는 걸 듣는다
멀리서 보이는 한 번의 결혼과 이혼
그건 한 장의 점묘화, 셀 수 없이 충분한 전쟁과 이별
들로 완성된⋯⋯
추억은 헤어진 연인과 살던 좁은 다락방 같은 것이다
그가 떠난 뒤에도 우리가 내내 살고 있는

비스와바, 삶은 변두리 사진관의 찾아가지 않는 사진
들, 눈물로 지워진 계산서들, 아니면 몇 개의 불 꺼진 방
으로 만들어진
　　　그런 것인가요?

폐허를 달려가는 말들에게 거는 마권 몇 장
조개의 벌어진 입처럼 완전히 방심한 몇 번의 순간
여기저기 흘러내리는 봄날의 물소리가
한낮의 창문처럼 더해질 뿐

3
시는 충분하다
오색 기름 웅덩이 위 모기 떼와 함께

술래가 된 여자가
지하실 근처에서 아름다운 노래를 찾아다닌다

삶은 당신을 잠시 비췄어요
입맞춤으로 더럽혀진 커다란 거울처럼

폴란드에 사는 카산드라
결코 틀리지 않을 미래를 예언한다
— 너는 죽을 거야
— 사랑이든 이별이든 모두 끝나지

남는 것은
모래밭의 낙서처럼
지워지는
시 몇 줄

Ⅲ. 사실

나는 고통의 표정을 좋아하지,
그건 진실되다는 것을 알기에.

— 에밀리 디킨슨

봄여름가을겨울

작은 엽서처럼 네게로 갔다. 봉투도 비밀도 없이. 전적
으로 열린 채. 오후의 장미처럼 벌어져 여름비가 내렸다.
나는 네 밑에 있다. 네가 쏟은 커피에 젖은 냅킨처럼. 만
개의 파란 전구가 마음에 켜진 듯. 가을이 왔다. 내 영혼
은 잠옷 차림을 하고서 돌아다닌다. 맨홀 뚜껑 위에 쌓인
눈을 맨발로 밟으며

월요일에 만나요

안녕 내 사랑, 널 떠나온 후에
아무도 사랑하지 않았어,라고 말할 수는 없어
나는 금요일 밤의 되돌아오는 피로로
네게 이별을 말했다
월요일엔 널 만나러 갈 거야, 난 중얼거렸지
이 멸망은 새로운 수태고지와는 아무 상관 없다네
천국까지 담배 가게가 이어지는 거리를 알고 있다고
허풍 떠는 사내처럼
절반쯤 타다 만 담배를
어느 길고 긴 마음의 꽁초를 손쉽게 꺼버렸네

사랑의 하느님이 너무 오래 안식하시는구나
무한 속에서 선잠으로 뒤척이시고
월요일은 오지 않네
내일 아침이면, 결코 만나러 가려는데 따듯한 달걀이
깨졌는데
병아리가 태어나지 않아
노란 고양이들이 울고
비가 오고

사막은 결코 젖지 않고
툭툭 떨어진 붉은 머루알들이
무슨 요일인지 알 수 없는 저녁의 긴 장화 아래 터지고
구름이 일꾼들처럼 흩어지고
월요일은 없네

마지막으로 끈 담뱃불이 하늘의 짙은 허공에서 반짝,
였네
태초에 화재는 없었네 홍수만 있었네

사실

별들이 움직이지 않는 물 위를 고요가 흘러간다는 사실
물에 빠진 아이가 있었다는 사실
오늘 밤에도 그 애가 친지들의 심장을 징검다리처럼 밟고
물을 무사히 건넌다는 사실
한양대학교 옆 작은 돌다리에서 빠져 죽은 내 짝은 참 잘해줬다, 사실은
전날 내게 하늘색 색연필을 빌려줬다
늘 죽은 사람에게는 돌려주지 못한 것이 많다, 사실일까
사실 나는 건망증이 심하다
죽은 사람에게는 들려주지 못한 것도 많을 텐데
노래가 여기저기 떠도는 이유 같은 거
그 사람이 꼭 죽어야 했던 이유 같은 거
그 이유가 여기저기 떠도는 노래 같은 거
사실을 말할 수도 있겠지만

내 짝은 입을 꼭 다물고 건져졌다는데
말할 수 없다
그 애가 들려주려던 사실

어둠의 긴 팔에 각자 입 맞추며 속삭였다
산 사람대로 죽은 사람대로 사실대로

스타바트 마테르

십자가 아래 나의 암소가 울고 있다
오 사랑하는 어머니 울지 마세요
나는 꿈에 못 박혀
아직 살아 있답니다

밤을 향해 돌아서는 내 입술을
당신의 젖은 손가락으로 읽어보세요
세계는 거대한 푸른 종처럼
내 머리 위에서 울리고 있어요

나는 밤의 부속품처럼
어둠 속으로 깊숙이 떨어져 나왔어요
별처럼 순한 당신 눈빛과
네 개의 길고 따듯한 배 속을 지나가는 계절들 사이에
서도
소화되지 않은 채 나는 남았어요

당신은 오래된 술 같아요
내가 마시는 술에 슬픈 찌꺼기가 떠도는 건

내 탓이 아니에요, 어머니

무엇을 마시든, 나는 두꺼운 취기를 껴입지만 늘 추워요

나를 향해 당신이 동굴처럼 뚫려 있기 때문

우리는 두 팔을 뻗어 서로를 안아요

오 사랑해

서로를 자꾸 끌어당겨요

물에 빠진 사람들처럼

두려움보다

슬픔보다

흰 재가 더 높이 쌓이고 있어요

어머니, 결국 나는 내 영혼을 잃어버리게 될까요?

뚜껑 열린 석관이

세월 속에서 제 주인을 유실하듯

당신이 당신 아이를 잃어버렸듯

바람이 날아가는 투명 비닐봉지를 분실하듯

당신은 찾을 수 없어요
정말이지 우린 다르게 생겼어요
당신을 닮았던 얼굴 위에 낯선 고통의 진흙을 덧칠하며
내 얼굴은 점점 두껍게 말라갈 테니

목이 말라요, 어머니
마른 풀밭 위에 빈 병처럼
나는 또 흘러들어요
당신이 몇 방울 남지 않은 곳으로

아뉴스데이, 새뮤얼 바버
— 한 노동운동가에게

밤이여, 너의 긴 팔에 몇 개의 못 구멍을 내라
뿔피리처럼 맑은 눈을 떠라
당신이 집을 떠나 공장에서 썼던 일기의 첫 줄은 명랑
했을 거라
상상합니다

진보라니, 언제나 그 말은 아득하게 들립니다
꿈속에서 누군가와 알몸으로
사랑을 하고 빵을 나누는 일처럼

자면서 벌어진 입술로 새어 나오는 잠꼬대 같은 진실들
그런 걸, 믿으라는 말인가
나는 오랫동안 묻곤 했습니다

믿음으로
믿음을 지우면서
당신은 스스로 답했습니다:
나는 세상의 빛이다
(그러나 욕심을 부리지는 않았죠

한낮이 아니라

      별들이 아니라

용접기 불꽃이 만든

      한 개의 반짝이는 구리 반지를

벽보 속에, 슬픔 속에, 한 노동자의 얼굴 속에 넣어뒀을 뿐)

당신은 확신했습니다:

나는 세상의 소금이다

나는 약간의 소금, 나를 넣어주세요

(그렇다고, 역사의 바다가 더 짜지지는 않을 테지만)

모든 것은 둥둥 떠오를 것입니다

거짓은 생각만큼 무겁지 않다고, 나는 확신합니다

염도의 합법칙성이 아니라 소금 한 알로서

흰 깃털의 어둠 속에서

얼굴을 씻는 나무들

어쩌면, 높은 데서 딴 열매는

빛의 밤송이 같은 것—

배가 고프고 따갑습니다—

때때로 빈속에 삼킨 정직은 우리의 창자를 찢으며 내려갑니다

　마지막 순간에 당신은 중얼거렸습니다:
　나는 완벽한 사실의 평면, 혹은 고통이라고 믿는 벽에 뚫린
　아주 작은, 단 하나의 구멍
　나는 그것을 통과해서 나갈 거니까
　　　　　앞으로

　　　　　　　앞으로

　　　　　　　　　……
　　　　　　　　　……

　나는
　그 순간에 덧붙일 정치철학적 논평은
　준비하지 못했습니다
　다만, 질문으로 —
　다시 질문을 지우며 —

당신과 당신을 사랑한 사람들의 신념으로
신이 머물렀다 막 떠난 도시처럼
이곳이 아직 따뜻한 것이라고
조용히, 당신처럼, 비유로 말하고 싶습니다

일대기

그는 태생상 하나의 성소가 될 수 있는 사람은 아닐 것이다. 자신이, 이곳에 들어온 누군가가 죽음과 태양을 바로 쳐다보고 존재의 얇은 빙판을 밟게 되는, 위대한 장소는 될 수 없다는 깨달음. 그는 심하게 먼지 나고 들어가기에 너무 비좁은, 몹시 높고 붉은 쪽문을 가진 다락방에 불과한 것이다. 그래도 소망이 이루어질 수 있다면, 그곳이 부서진 잡동사니들로 가득한 곳이었으면. 낡고 쓰다 버린 것이지만 먼 나라의 것이라 낯선 폐품 더미 속에서 잠시 혼이 나간 아이처럼, 도무지 쓰임을 알 수 없는 이상하고 망가진 물건들 사이에서, 또한 모든 이가 어느 다락방에 쌓인 낡은 몰락의 일종이었음이 문득 자연스러워지는 오후 한때

죽은 마술사

죽은 마술사, 내 사랑 너는 녹슨 철책의 발코니 무의미
의 실내악
나의 악보가 놀라서 내게서 도망쳤다
너에 대한 사랑과 슬픔에 빠져 내 귀는 익사할 지경이
되었으니까
소금을 진 당나귀를 걷어찼지
눈 속에 잠든 네 입술의 동네 근처로

내 심장은 얼음 위 맨발처럼 추억 속을 뛰고 있고
모든 기쁨을 잠들게 하는 종소리가 어두운 언덕 위로
지나갔다
저녁의 탁자
알 수 없는 시구들이 파란 연필처럼 길게 드러눕는다
단어 속, 기억의 깜박이는 속눈썹을 흰개미들이 갉아
먹고 있다

이봐, 슬픔의 좁쌀을 가득 채우라고
이제 내 인생은 구멍 난 주머니야

라푼젤, K를 기다리다

모든 것은 다 옛날의 일. 한 젊은이가 탑으로 올라왔다, 부드러운 머릿결을 잡고서. 천 번의 벼락을 맞았다, 마녀에게서. 그는 핏물로 갓 칠해진 의자에 앉아 나를 간신히 바라보았다, 발효된 빵처럼 부푼 눈꺼풀로. 세월이 흘러 그는 한겨울의 마지막 밤에 죽었다. 경제학을 잠시 공부했던 학생. 민주주의 수업에선 자발적인 영구 과락. 그의 영혼은 늘 같은 과목만 공부했지. 하지만 몸이 가장 오래 암기한 건 고문의 기억.

모든 것은 봄날의 일. 목련 꽃잎처럼 짓이겨진 눈꺼풀을 열면 죽은 사람과 짐승이 줄지어 누운 광경, 검은 심지로 솟아난다. 불붙는다. 밀랍같이 흰 내 머리에. 정치가여, 법관이여, 너, 확신범의 힘센 형제자매들이여. 기다려다오. 불탄 노래가 자라나 더 매끄러운 머리채를 늘어뜨릴 때까지.

불에 덴 상처—나는 대머리가 되었다. 그를 기다리고 있다, 아무도 오지 않는 탑 속에서. 부서진 나선계단에 쪼그리고 앉아 나는 쓰고 있다. 무한無限의 펜슬로, 온다고

내가 믿지 않는 것에 대해

그림자
하나
좁은
패널 위에서
발 구른다
초조하게
탑을
향해

세상이
높이
올라왔다
떨어
진다

빛나는
한

줄의

그네처럼

곧

끊어질 것

같

이

한겨울

의

마지막

밤

에

방을 위한 엘레지

1
꿈이 죽은 도시에서 사는 일은 괴롭다
누군가 살해된 방에서 사는 일처럼

태양계의 세번째 행성이
지구라는 것을 알고 있듯
봄이 겨울을 이기고 온다는 것과 그 반대도 참이라는
것을
나는 알고 있다

뒤에 오는 것이 승리하는 것인가?
그렇다면 화성이여 지구를 이기길
내일이여 오늘을 이기길
썰물이여 밀물을 이기길

그러나 봄, 여름 뒤엔 다시 겨울이고
무지 노트와 지구본 연필깎이와 제본한 『예술의 규칙』
을 한 줄로 늘어놓은
내 방 책상 위로

가장 나중에 오는 것은 무엇일까?

그게 무엇이든 다른 것이 시작될 때마다
예언은 빛나며 빗나갈 테니까
여기는 방이 아니라 거리이며
나는 다만, 여기를 걸어서 지나가는 거라고
벽과 벽 사이를 서성이며 생각하는 것이다

2
이 방에는
유채꽃 들판으로 노란 죄수복 입은 봄이 달려 나오는 사진이
걸려 있다 고인의 사진처럼

너는 책상에 기대어
여기는 바다처럼 푸른 바다이며
"푸른색으로 뛰어들어 나는 고통의 잠수부가 되었다"고
쓰는 대신

물 위로 떨어지는 눈송이나
눈 덮인 마당에 떨어지는 담뱃불 같은 것을 생각한다

사라지고 꺼지는 것들로
잠시 환해지는 관념의 모서리

방은 눈을 녹이는 뜨거운 손을 닮았다
방은 죽음을 쫓아 달리는 커다란 개다 겨울이 죽고 봄
이 죽고
죽음은 항상 너무 빠르다
개의 헐떡거리는 혓바닥 위에서 담뱃불이 꺼지며 빛
난다

너는 흰 도미노처럼 서서
쓰러지는 방들의 흔들리는 어둠을, 우리를 응시하는
영원한 뒤통수를
물끄러미 바라본다

25일 오후 2시께 경기도 안산 화랑유원지에 차려진 세월호 사고 희생자 정부합동분향소 들머리에 베트남에서 온 아버지 판만차이(62)씨와 딸 판록한(24)씨가 손팻말을 들었다. 세월호 침몰 사고로 아직까지 발견되지 않고 있는 사위 권재근(51)씨와 손자 혁규(6)군을 찾아 달라는 것이었다. "한 달이 넘게 언니의 장례식도 못 치르고 있어요. 함께 장례라도 치를 수 있게 빨리 형부와 조카를 찾아주세요." 딸 판록한씨는 눈물을 흘리며 말했다.

— 김일우 기자, 『한겨레』 2014년 5월 26일 자[5]

죽은 엄마가 아이에게

진흙 반죽처럼 부드러워지고 싶다
무엇이든 되고 싶다

흰 항아리가 되어 작은 꽃들과 함께 네 책상 위에 놓이
고 싶다
네 어린 시절의 큰 글씨를 영원히 기억하고 싶다
학년이 올라갈 때마다 알맞게 줄어드는 글씨를 보고
싶다
토끼의 두 귀처럼 때때로 부드럽게 접힐 줄 아는 네 마
음을 보고 싶다
베여 나간 나무 밑동의 향기에 인사하듯 길게 구부러
지는
너의 훌쩍 자란 등뼈를 만져보고 싶다

세상의 비밀을 전해 듣고
분노 속에서 네가 무엇도 만질 수 없을 것 같은 고통을
느낄 때
단 하나의 사물이 되고 싶다
네 손에 잡혀 벽을 향해 던져지며 부서지는 항아리가

단단하게 굳어 제대로 모양 잡힌 기억이

한밤중에 일어나 네가 연인의 잠든 얼굴을 한번 만져
보고
　나쁜 꿈의 물풀들을 천천히 쓰다듬는 날들이 지나가고
　너의 늙어가는 얼굴 가득 물결처럼 번지는 주름을 보
고 싶다
　공원 벤치에 잠시 지팡이를 세워두고
　새벽별들처럼
　아침이 고요하게 거둬들이는
　네 마지막 숨결을 느끼고 싶다

　"찾아 주세요. 사위 권재근, 손자 혁규.
　아직도 차가운 바닷속에 있나 봐요. 저는 베트남에서 왔
어요."[6]

　진흙 반죽처럼 부드러워지고 싶다
　무엇이든 되고 싶다
　지금 내 곁의 빈 나무 관 속을 떠돌며

반쯤 지워져가는 네 얼굴 위로 내려앉기를 기다리는
마른 먼지만
아니라면

진흙 반죽처럼 부드러워지고 싶다
너를 위한 기억의 데스마스크로
망각 법원의 길고 어두운 복도마다 걸리고 싶다
무겁게 쌓인 먼지를 털면
가장 오래된 슬픔의 죄수들이
쇠창살 사이에서 기웃거리는 표정처럼

아르스 포에티카
— 말줄임표

어느 날 아침에는 영원히 살 것 같은

깃털 없이 날아갈 것 같고

다시 이곳으로 돌아오지 않을 것 같고

"그래, 아버지…… 최선을 다해 실패하셨다"중얼거리는

용서의 기하학적 반복 패턴이 서쪽 밤하늘에 장관으로 빛나는

글을 쓰는 밤은 어쩐지 고요할 것 같아

(그게 사실인지 모르겠지만……)

그러니까 이것이 바로 내 소유 — 다이아몬드 사과

이건 절대 깨지지 않아 부서지지도 않아

언어 속에 없고 사물 속에는 더 없고

있기만 하다면 내가 뿌린 씨앗이 분명한데……

입 벌리고 침 흘리는 개들과 함께 바라본다

말 없는 구멍, 구멍, 구멍들

우주의 붉은 스펀지를 꽉 짠다

쏟아지기 시작하는 흙탕물

흠뻑 맞고 그대로 서 있는 사람들

아직도 광장에 남아 있다니, 마지막까지 천국을 떠나
지 않는 천사들처럼……
텅 빈 촛불 속에서 죽은 이의 말간 얼굴이 떠오른다
내 혀는 위장 속으로 깊숙이 미끄러지는 중
필통에서 쏟아졌다 한 무리의 똑똑한 사람들
지나갔다 새 차를 타고서 국회의사당 쪽으로……

그래, 노란색이 일어설 거야 발로 걸을 거야 달릴 거야
아……하……하 으……흐……흐
눈을 감고 더 이상 아무것도 바라보지 않는 세계 앞
에서
색색의 마스크를 쓰고 홀로 돌진하는 것들
어디서 나는 울음인가 흐느낌인가 웃음인가
벽들인가 지붕인가 구름인가 내 속인가 알 수가 없
네……

산초 판사가 정의를 내렸다
시의 풍차에 관하여──불치 판정난 문학적 조울증
바람이 불어와

반복해서 나부끼는 페이지 속에서
누군가를 불렀다
한 사람씩 돌아가며 돌림노래로
처음부터 끝까지
신음했다 한 번은 웃음으로…… 한 번은 울음으로……
계속되는 희미한 말줄임표로

쓰지 않은 것들
—『소크라테스 이전 철학자들의 단편 선집』에서[7]

에리스가 아름다움을 향해 집어 던졌다고 전해진다
황금사과 한 알, 완벽하게
둥근 사랑을.

이 식물적 원의 둘레에서 시작과 끝은 공통이라고 한다.
오탈자 가득한 기하학 답안지를 신에게 제출하면서
헤라클레이토스는 중얼거렸다고 한다.
──공통이 아니라 고통 말이야.

어떤 이들에 따르면 탈레스가 처음으로 천체를 연구했다
고 한다.
──그 점에 대해서는 헤라클레이토스와 데모크리토스
가 증인이고.
시에 따르면 내가 처음 연구한 것은 가족이었다고 한다.
──그 점에 대해서는 파란 눈물을 흘리며 마른 종이로
고개를 떨궜던 나의 펜이 증인이고.

창문을 닫아두어도
쓰지 않을 연구는 계속될 거라고 한다

그림자의 검은 빗살들로 내 엉클어진 머리를 빗기는 태양

너와 헤어지던 날의 일기 따위

물을 체로 길어 나르며 벌받는 영원한 하루들에 대한.

그들은 나를 이 페이지에서 저 페이지로

옮겨 적지 않을 거라고 한다

건조기 속을 영원히 돌아가는

더러운 빨래처럼.

그러므로

나는 존재한다 물 한 방울 없이 바싹 마른 채로.

나는 밑줄을 긋는다 노란 형광펜으로

무감동하게 조용히.

빛은 건조한 혼이다, 가장 현명하고 가장 뛰어난.

헤라클레이토스의 말이라는데 믿기 어렵다.

만일 태양이 있지 않다면, 다른 별들이 있어도 밤일 것이다.

역시 그의 말이라고 플루타르코스는 전했다

『물과 불 중 어느 쪽이 더 쓸모 있나?』라는 책에서.

물을 다시 다오.
내가 식물로서 그 위대한 쓸모를 연구하겠다.
옛날에 너는 나를 사랑하지 않았다고 전해진다.
옛날에 나는 너를……
알 수 없다.
헤라클레이토스는 그 점에 대해선 아무 말도 하지 않
았다.

물이 몇 방울 더 있었더라면
무엇의 끝에든 닿을 수 있을 텐데……
사과는 무슨 사과, 나는 더 이상 울지 않는다.
모든 것은 전해지는 이야기일 뿐.

쓰지 못했다
추신:
당신 말대로
같은 강물에 들어가지 못했다

나는 이사 갔다 강에서 가장 먼 데로

라고.

빨간 네잎클로버 들판

을 뜯어 먹는 토끼들이 보인다

바다에는 바다보다 큰 배가 보인다

시간이 주름 가득한 흰개의 얼굴로 짖는다 내가 지나가는

모르는 고장의 동맥이 또 끊어진 것 같다

쏟아지는 피에 거구의 여신이 드레스를 깨끗이 빨고 있는 것 같다

이놈의 세계는 매일매일 자살하는 것 같다

아무리 말려도 말을 듣지 않는 것 같다

종이는 손수건— 도무지 손바닥만 한 평화

종이는 신의 얼굴— 세상을 통째로 구원할 재능 없는 신의 얼굴

삼류 신, 어린 시절부터 싹수가 노랬던 신

할머니가 발가락처럼 거친 손으로 내 얼굴을 쓰다듬었다

나이 먹었는데 절망해도 되나

죽을 때까지 절망해도 되나

차창 밖에다 물었다

검은 상자를 칸칸이 두드리며 물었다

기차 바퀴가 끽끽, 마찰음으로 울었다
멈추는 것들은 대개 그렇듯, 슬프거든

시를 쓰며 참고한 것들

시인의 말 출처

- 즈비그니에프 헤르베르트, 「포위 공격을 받는 도시에서 온 소식」, 『즈비그니에프 헤르베르트 시전집』, 김정환 옮김, 문학동네, 2014, p. 646.

장별 표지 문구 출처

Ⅰ 존 버거, 『A가 X에게』, 김현우 옮김, 열화당, 2009, p. 62.
Ⅱ 딜런 토머스, 『시월의 시』, 이상섭 옮김, 민음사, 1999, p. 92.
Ⅲ 에밀리 디킨슨, 『세상에 보내는 나의 편지』, 김명옥 역주, 혜원출판사, 1996, p. 212를 번역 수정.

미주

1 발터 벤야민, 「브레히트 주해」(『브레히트와 유물론』, 윤미애·최성만 옮김, 도서출판 길, 2020, p. 89)의 문장들을 변주.
2 즈비그니에프 헤르베르트, 「코기토 씨 거울 속 자신의 얼굴을 뜯어보다」(『즈비그니에프 헤르베르트 시전집』, p. 429) 마지막 행을 변주.

3   「코기토 씨 인간의 목소리와 자연의 목소리 사이 차이를
    고려하다」(같은 책, p. 462)에서 단어를 콜라주.

4   유예은은 2014년의 4·16 세월호 참사로 희생된 안산 단원
    고 2학년 3반 학생입니다. 10월 15일, 안산의 치유공간 '이
    웃'에 예은이 부모님과 하은, 성은, 지은 세 자매, 그리고
    친구들이 모여 아이의 열일곱번째 생일 모임을 했습니다.
    그날은 쌍둥이 언니 하은이의 생일이기도 했습니다. 생일
    모임에 참석하지 못한 예은이를 대신하여 시인 진은영이
    예은이의 이야기를 전했습니다.

5   김일우 기자, 「권지연양의 베트남인 할아버지 "사위·손자
    찾아주세요" 손팻말 호소」, 『한겨레』 2014년 5월 26일 자.

6   같은 기사 인용.

7   『소크라테스 이전 철학자들의 단편 선집』(탈레스 외, 김인
    곤 옮김, 아카넷, 2005)에서 문장들을 콜라주.

사랑과 하나인 것들: 저항, 치유, 예술

신형철
(문학평론가)

1. 인생은 아름답지도 논리적이지도 않지만

셰익스피어 시대 이래로 사용된 'rhyme or reason'이라는 관용구는 주로 'neither rhyme nor reason'과 같은 부정문 형태로 쓰인다. 어떤 말이 외적 질서도 없고 내적 논리도 없을 때 사용할 수 있다. 우리 식으로는 '재미도 없고 의미도 없는' 운운하며 상대를 타박할 때처럼 말이다. 모름지기 말이라면 '음성학적 재미'나 '의미론적 조리' 둘 중 하나는 있어야 한다는 뜻일까. 지금은 용법이 확대되어서 삶의 상호 보완적인 두 가치를 표상하기도 한다. 유명한 팝재즈 곡 「당신 인생의 남은 날을 어떻게 보낼 건가요what are you doing the rest of your life?」에는 "당신의 남은 날들의 reason과 rhyme이 모두 나와 함께 시작되고 끝났으면 해요"라는 노랫말이 있고, 영화 「노팅힐」에는 "생각하면 할수록 알게 되는 건 인생에는 rhyme도 reason도 없다는 거야"라는 대사가 나온다. 어떻게 번역해야 하나. 멋과 뜻? 재치와 이치? 묘미와 의미? 삶에서 가장 중요한 두 가지를 한국어로 딱 맞게 지칭할 수 없다는 아이러니라니. 그건 그렇고, 시야말로 그렇지 않은가. 그러니까 좋은 시는 rhyme(미적인 것)과 reason(논리적인 것)을 겸비한다.

별들이 움직이지 않는 물 위를 고요가 흘러간다는 사실
물에 빠진 아이가 있었다는 사실
오늘 밤에도 그 애가 친지들의 심장을 징검다리처럼 밟고
물을 무사히 건넌다는 사실
한양대학교 옆 작은 돌다리에서 빠져 죽은 내 짝은 참 잘해줬다, 사실은
전날 내게 하늘색 색연필을 빌려줬다
늘 죽은 사람에게는 돌려주지 못한 것이 많다, 사실일까
사실 나는 건망증이 심하다
죽은 사람에게는 들려주지 못한 것도 많을 텐데
노래가 여기저기 떠도는 이유 같은 거
그 사람이 꼭 죽어야 했던 이유 같은 거

그 이유가 여기저기 떠도는 노래 같은 거
사실을 말할 수도 있겠지만

내 짝은 입을 꼭 다물고 건져졌다는데
말할 수 없다
그 애가 들려주려던 사실

어둠의 긴 팔에 각자 입 맞추며 속삭였다
산 사람대로 죽은 사람대로 사실대로

—「사실」 전문

짝이었던 친구의 죽음을 소재로 한 시로 보인다.[1] 시
인은 "한양대학교 후문이 보이는 여고"[2]를 다녔다고 밝
힌 적이 있는데, 이 시에 "한양대학교 옆 작은 돌다리에
서 빠져 죽은 내 짝"이라는 구절이 있으니까. 라임과 리
즌 이야기로 돌아가자면, 이 시는 "사실"이라는 단어의
반복으로 시의 '외적 질서rhyme'를 만들어낸다. "사실"

---

1 "봄날에 죽은 착한 아이"(「봄에 죽은 아이」)의 죽음을 소재로 한 시
   도 있는데, 이것은 화자가 죽은 아이의 "아빠"가 누구인지 알고 있
   는, 또 다른 지인의 죽음을 소재로 한 것으로 짐작된다. 이 시는
   2004년에 발표된 작품으로, 이후로도 시집에 묶이지 않다가 이번
   에야 수록됐다.
2 진은영, 「시는 내게 평화를 주지 않았다」, 국제작가대회 세계인문
   포럼 '시와 분쟁' 발표 원고, 『오마이뉴스』, 2018년 1월 21일 자.

"사실은" "사실을" "사실대로" 등의 말이 각 행의 맨 앞이니 뒤에 찍혀 있다. 물론 그게 다가 아니고, 이것이 '내적 논리reason'의 발생으로 이어진다는 것이 중요하다. "사실"이 반복되면서 '사실'이라는 중립적인 어휘가 덜 컹거리는데, 이렇게 어떤 단어가 흔들리기 시작하면, 원래는 죽어 있었던 것처럼 갑자기 살아난다. 친구의 죽음 자체는 과학적 사실이지만, 그 아이가 지금도 친지들의 심장 속을 다녀간다는 것은 감정적 사실이며, 또 이 죽음과 관련된 나의 사실이 있고, 이 모든 사실이 다 담아내지 못하는 친구의 내적 사실도 있다. 이런 변주 속에서 우리가 '하나의 사건을 둘러싼 사실이란 도대체 몇 겹인가'를 생각하기 시작할 때 그것은 이제 이성의 일이다. 이 시는 이례적인 사례가 아니다. 진은영의 좋은 시들은 대체로 라임과 리즘의 절묘한 교직물이다.

> 우리가 절망의 아교로 밤하늘에 붙인 별
> 그래, 죽은 아이들 얼굴
> 우수수 떨어졌다
> 어머니의 심장에, 단 하나의 검은 섬에
>
> 그러니까 시는
> 제법 볼륨이 있는 분노, 그게 나다! 수백 겹의 종이 호랑이가

레몬 한 조각에 젖는다

성냥개비들, 불꽃 한 점에 날뛴다

그러니까 시는

시여 네가 좋다

너와 함께 있으면

나는 나를 안을 수 있으니까

그러니까 시는

여기 있다

유리빌딩 그림자와

노란 타워크레인에서 추락하는 그림자 사이에

도서관에 놓인 시들어가는 노란 스킨답서스 잎들

읽다가 덮은 책들 사이에

빛나는 기요틴처럼 닫힌 면접장 문틈에

잘려 나간 그림자에 뒤덮여서

돋아나는 버섯의 부드러운 얼굴

그러니까 시는

돌들의 동그란 무릎,

죽어가는 사람 옆에 고요히 모여 앉은

한밤중 쏟아지는

폐병쟁이 별들의 기침

언어의 벌집에서 붕붕거리는 침묵의 말벌들

이 슬픔의 앙상한 다리는 어느 꽃술 위에 내려앉았나

내 속에 매달린

영원히 익지 않는 검은 열매 하나

—「그러니까 시는」 전문

　　동시대의 많은 시들이 라임을 포기하고 얻은 것은 자
유가 아니라 권태이고, 그곳에서 발견되는 대단한 것
은 뭔가 대단한 것을 쓰고 있다는 자의식뿐일 때가 많
다. 적어도 진은영은 포기하지 않는다. "그러니까 시는"
을 네 번 반복하면서 시의 구조적 긴장을 붙드는 동안,
시란 무엇인가에 대한 지적 성찰을 속성열거법attribute
listing method의 형식으로 전개한다. 예컨대 그것은 절망
을 재료로 삼을 때가 있지만 거기에서 멈추지 않는 행위
이고("절망의 아교로 밤하늘에 붙인 별"), 때로 분노를 표
현하기 위해서도 쓰이며("수백 겹의 종이 호랑이"), 시를
쓰는 이를 자신과 화해시키는 수단이 되기도 하고("나
는 나를 안을 수 있으니까"), 동시대의 현실에 밀착하는

증언자일 때도 있으며("시는/여기 있다"), 죽어가는 이의 곁을 무릎 모아 지키는 성실한 입회자이고("돌들의 동그란 무릎"), 끝나지 않는 애도의 표상이기도 하고("영원히 익지 않는 검은 열매")…… 등이다. 정말 인생은 아름답지도 논리적이지도 않은가? 그럴지도 모르지만, 좋은 시에는 둘 다 있다. 어느 하나가 우위를 점하지 못하는, 팽팽한 경쟁의 감미로움과 함께.

2. 사랑과 저항은 하나

사람들이 시인 진은영을 어떻게 떠올리는지 다 알지 못하지만, 그가 무엇보다도 사랑의 시인이었다는 것을 잊지 말기로 하자. "소년이 내 목소매를 잡고 물고기를 넣었다/내 가슴이 두 마리 하얀 송어가 되었다"로 시작되는 「첫사랑」(『일곱 개의 단어로 된 사전』, 문학과지성사, 2003), "너는 나의 목덜미를 어루만졌다/어제 백리향의 작은 잎들을 문지르던 손가락으로"로 시작되는 「연애의 법칙」(『우리는 매일매일』, 문학과지성사, 2008), "만일 네가 나의 애인이라면/너는 참 좋을 텐데"로 시작되는 「시인의 사랑」(『훔쳐가는 노래』, 창비, 2012) 등을 기억하고 있으면 된다. 그런 그가 이번 시집에서는 '사랑'을 제목에까지 올렸다. 네번째 시집을 그야말로 '사랑의 서(書)'

로 간주해도 무방하다는 듯이 말이다. 시집 제목을 품고 있는 첫 시 「청혼」을 그는 2014년 가을에 발표했고, 문예지에 발표되고 시집으로 출간되지 않은 작품으로서는 이례적이게도 지난 8년 동안 웹에서 널리 건네지며 읽혔다. 그 시가 이제야 시집에 묶인다. 이 짧은 시 안에는 얼마나 긴 이야기가 담겨 있는가.

　　나는 오래된 거리처럼 너를 사랑하고
　　별들은 벌들처럼 웅성거리고

　　여름에는 작은 은색 드럼을 치는 것처럼
　　네 손바닥을 두드리는 비를 줄게
　　과거에게 그랬듯 미래에게도 아첨하지 않을게

　　어린 시절 순결한 비누 거품 속에서 우리가 했던 맹세들을 찾아
　　너의 팔에 모두 적어줄게
　　내가 나를 찾는 술래였던 시간을 모두 돌려줄게

　　나는 오래된 거리처럼 너를 사랑하고
　　벌들은 귓속의 별들처럼 웅성거리고

　　나는 인류가 아닌 단 한 여자를 위해

쓴잔을 죄다 마시겠지

슬픔이 나의 물컵에 담겨 있다 투명 유리 조각처럼

—「청혼」 전문

다섯 개의 연이 A-X-Y-A′-Z의 구조를 이룬다. A와 A′가 일종의 후렴이라면, X와 Y는 짝을 이루며 마주 보는 본론이고, Z는 마무리다. 후렴부터 볼까. "나는 오래된 거리처럼 너를 사랑하고"는 애매하다. "오래된 거리처럼" 이 '너'의 속성인지('오래된 거리 같은 너를 사랑해'), 너를 향한 '나'의 사랑의 속성인지('너를 오래된 거리를 사랑하듯 사랑해') 확정하기 어렵기 때문인데, 문맥상 후자일 듯하다. 유년 시절로까지 거슬러 올라가는, 그만큼 오래된 관계인 두 사람이라는 것일까. 그렇게 시간의 깊이를 소중히 여기는 이의 청혼이 더 아름답다는 것일까. 이럴 때의 청혼은 결혼으로 가기 위한 단계적 의례라기보다는, 상대방이 자신에게 불가결한 존재임을 인정하고 감사하는 이벤트에 가까울 것이다. 그 청혼을 위한 어느 날, 긴 시간의 깊이가 무색하게도, 화자는 조금 흥분해 있다. A에서는 별들이 벌들처럼 웅성거리고(시각의 청각화), A′에서는 반대로 벌들이 별들처럼 웅성거린다(청각의 시각화).[3] 눈이 시끄럽고 귀가 눈부시다는 걸까. 어서

3 이 별과 벌의 이미지는 바로 앞에서 인용한 「그러니까 시는」의

118

청혼하라고, 온 세상이 독촉이라도 하는 듯이.

　"오래된 거리처럼"이기 때문에, X와 Y에 담겨 있는 고백은 시간의 깊이를 아우른다. 두 사람의 현재가, 과거로는 깊은 뿌리를 뻗었고 미래로는 긴 가지를 드리웠다는 것이다. X는 미래에 대해 말한다. 여름이 오면 비를 주겠다는 말은 당신의 미래에 필요한 그 무엇이 되고 싶다는 의미일 것이다. 미래에 아첨하지 않겠다는 표현이 인상적인데, 말 그대로 미래의 환심을 사지 않아도 상관없다는 것이니까, 둘의 미래가 장밋빛일 수만은 없을 가능성을 감수하겠다는 각오일 것이다. Y는 과거에 대해 말한다. 어린 시절의 맹세를 떠올리고 그 소박하고 순수했던 다짐들을 실행하겠다는 것이다. 반대로 말하면 자본주의 체제의 모범 시민으로서 세속적 가치를 추구하며 살지는 않겠다는 뜻일 수도 있겠다. 화자에게는 "내가 나를 찾는 술래였던" 시간, 즉 자신에 대해 고민하는 시간이 길었던 모양인데, 그만큼 당신은 나를 기다려야 했고 청혼도 이렇게 늦춰졌으리라. 애초 너를 위해 써야 했으나 방황 때문에 그러지 못한 시간이기에 '돌려준다'는 말을 하는 것이라면 이 구절에는 약간의 회한도 담겨 있는 것 같다. 이처럼 현재의 사랑은 과거를 보상하고/보상받

8연에도 있다. 이 이미지의 뿌리는 시인의 (무)의식 어디에 닿아 있을까.

고 싶게 한다.

미래를 함께 준비하면서 그 앞에 당당해지겠다는 결심, 잃어버린 소중한 것들을 되살려 둘의 과거를 구원하자는 제안, 바로 그런 것이 청혼이라고 이 시는 말한다. 그리고 무엇보다도 청혼이란, 하고 말하듯 시인은 Z를 남겨두었다. 청혼, 그러니까 한 사람 곁에 머물겠다고 결심하는 일의 가장 소중하고 어려운 핵심은 무엇인가. "인류가 아닌 단 한 여자를 위해 쓴잔을" 마시는 것. 이 쓴잔의 비유는 물론 성경에서 가져온 것이니까, 그리스도가 인류를 위해 그 일을 했다면 나는 단 한 사람을 위해 그 일을 하겠다는 것이다. 그것은 어떻게 가능한가. 쓴잔속에 무엇이 담겨 있는지를 보라. 그것은 슬픔이다. 너의 슬픔, "투명 유리 조각" 같은 슬픔. 마시면 내 속이 다 긁히게 될 그것을, 너를 위해 마시는 일. 그러고 나면 '너'의 슬픔은 '우리'의 슬픔이 될 것이고, 그것은 아주 결정적인 일이 된다. 왜냐하면 슬픈 사람은 그 슬픔 때문에 외로워진 사람이기도 한데('내 슬픔을 누가 알까?'), 슬픔을 나눠 마시는 일은 슬픔 자체를 없애지는 못할지언정 너의 외로움은 박탈하게 될 것이므로.

어쩐지 이 시의 청혼이 결혼으로 이어지지는 않았을 것만 같다고 생각해보는 것은 시인이 1부의 입구에 얹은 제사(題詞)가 존 버거John Berger의 소설 『A가 X에게』의 한 대목이기 때문이다. 신자유주의적 세계화에 저항하다 종신형을 선고받고 투옥된 남자 사비에르('X')가 있고, 그의 연인이자 자신 또한 감옥 밖에서 대의를 위해 투쟁 중인 여자 아이다('A')가 있다. 둘은 법적 관계가 아니어서 면회가 어렵다. 어느 날의 편지에서 여자는 남자에게 제안한다. "방금 한 가지 결정을 내렸어요. 우리 결혼하는 게 어때요? 당신이 청혼하고, 내가 '네'라고 대답하는 거예요!"[4] 소설에서 이 결혼은 허락받지 못하지만, 청혼의 상상만으로도 이들은 조금 더 살아낼 힘을 얻었으리라. 진은영의 「청혼」이 어쩌면 아이다의 제안을 받은 사비에르가 그 편지지의 뒷면에 '시로 쓴 청혼'일지도 모르겠다고 상상해보는 일은 시인이나 소설가 둘 중 하나에 대한 결례가 아니라 두 작품 모두에 대한 경의의 표현이 될 수 있지 않을까.

내가 고백할 수 있도록

아버지의 술냄새로 문패를 달았던 파란 대문, 욕설에 떨어져 나간 문고리와 골목길

널, 죽일 거야 낙서로 가득했던 담벼락들과 집고양이,

---

4 존 버거, 『A가 X에게』, 김현우 옮김, 열화당, 2009. 이어지는 대목은 이렇다. "그런 다음 그들에게 부탁해 봐요. 그들이 허락하면, 내가 당신을 찾아가 결혼식을 올리고, 그럼 앞으로 영원히, 매주 한 번씩 면회실에서 만날 수 있어요!/ 매일 밤 당신을 조각조각 맞춰 봅니다─아주 작은 뼈마디 하나하나까지.//당신의 아이다"(p. 27).

도둑고양이, 모든 울음을 불러주세요

　당신이 손을 잡았던 어린 시절의 여자아이, 남자아이들
의 두근거리는 심장,

　잃어버린 장갑과 우산, 죽은 딱정벌레들, 부러진 작은
나뭇가지와 다 써버린 산수 공책

　마을 전체를 불러다 줘요

　다리 잘린 그들의

　기다란 목과

　두 팔과

　눈 내리는 언덕처럼 새하얀 등 위로

　나는 사랑의 민달팽이들을 풀어놓을 겁니다
　　　　　　　　　　　—「당신의 고향집에 와서」 부분

　이쯤에서 생각해보면 「청혼」의 핵심이 과거/미래에 대
한 약속과 다짐으로 이루어져 있는 것도 소설 속 아이다
가 두 사람의 과거와 미래를 생각하는 장면과 어울리는
데,[5] 물론 이는 사랑의 본질적 속성 때문에, 그러니까 연

5　아이다는 사비에르에게 "당신이 원한다면, [과거를] 얼마든지 바꿀
　수 있어요. 우리가 과거의 죄수들은 아니니까. [……] 우리 함께 과
　거를 만들어봐요"(p. 33)라고, 또 "우리는 이미 시작된 어떤 미래 안
　에 있어요. 우리는 우리의 이름을 딴 미래 안에 있는 거예요"(p. 48)

인들의 현재가 자주 (그들이 함께하지 못한 시간대인) 과거와 미래로 뻗어나가 그 시간대조차 물들이려 하기 때문에 나타난 자연스러운 유사성일 것이다. 「당신의 고향집에 와서」라는 제목의 저 시에서도 "당신의 고향"은 공간이라기보다는 시간이다. 이 시의 울림은 당신 고향집 풍경의 디테일에서 나오지 않는다. 어쩐지 화자는 '당신'의 고향집에 당신 없이 와 있는 것만 같고, 그가 당신의 유년 시절을 마치 손으로 어루만지듯 차근차근 짚어나가는 것은 지금 내가 당신을 만질 수 없어서인 것 같고, 이 고향에는 슬픈 역사가 있어 그것이 오늘날 당신의 강인함을 만든 것만 같고, 잠든 당신의 등에 민달팽이를 풀어놓겠다는 약속 역시 당장은 실천할 수 없는 간절한 상상인 것만 같아서다. 마치 사비에르의 고향에 와 있는 아이다처럼, 이라고 적어도 좋다면 그러고 싶다. 단 세상의 모든 사비에르와 아이다를 동시에 생각하면서 하는 말이라는 전제를 달고서. 그 모든 '사랑의 전문가'들을 위한 시가 있다.

나는 엉망이야 그렇지만 너는 사랑의 마법을 사랑했지.
나는 돌멩이의 일종이었는데 네가 건드리자 가장 연한 싹

라고 하면서, 현재의 두 사람과 달리 과거와 미래 속의 두 사람은 자유를 구가할 수 있도록 힘껏 상상하자고 말한다.

이 돋아났어. 너는 마법을 부리길 좋아해. 나는 식물의 일
종이었는데 네가 부러뜨리자 새빨간 피가 땅 위로 하염없
이 흘러갔어. 너의 마법을 확신한다. 나는 바다의 일종. 네
가 흰 발가락을 담그자 기름처럼 타올랐어. 너는 사랑의
마법사, 그 방면의 전문가. 나는 기름의 일종이었는데, 오
나의 불타오를 준비. 너는 나를 사랑했었다. 폐유로 가득
찬 유조선이 부서지며 침몰할 때, 나는 슬픔과 망각을 섞
지 못한다. 푸른 물과 기름처럼. 물 위를 떠돌며 영원히

　　　　　　　　　　　　　　　　—「사랑의 전문가」 전문

　사랑이 위대하다고 말할 수 있는 것은 그것이 사랑받
는 대상을 바꿔놓기 때문이다. 이 시는 사랑을 믿는 너
의 행동이 나를 어떻게 변화시켰는지를 복기하는 시다.
요컨대 '마법'과 '변신'의 이야기. 모든 문장이 인과관계
로 촘촘히 연결돼 있다. 처음에 나는 돌멩이였는데 네가
건드리자 싹이 돋아나서 식물이 되었고, 네가 그 식물을
부러뜨리자 피가 흐르는 동물이 되었으며, 그 피가 바다
를 이룰 정도가 되어 네가 발가락을 담그자 바다는 기름
이 되어 타오를 준비를 하는데, 그러나 네가 나를 사랑
하다 그쳤으므로("너는 나를 사랑했었다"가 왜 과거형으
로 쓰였겠는가), 그 기름은 불로 타오르지 못하고 폐유
가 되어 바다로 되돌아가고 만다. 그러나 바다로부터 한
번 생겨난 기름은 다시 바다로 섞이지 못하는데, 그게

당연한 것처럼, 내 사랑의 슬픔도 망각 속으로 섞여 사라지지는 않더라고 이 시는 말한다. 결말이 이렇다고 해서 이 시를 비가로 읽거나 제목을 냉소적으로 해석할 필요는 없다는 생각이 든다. 세상에는 '사랑의 전문가'들이 있고 또 있어야 한다는 것을 더 곱씹어야 할 적어도 하나의 이유가 있기 때문이다. 이제부터는 사랑과 치유에 대한 이야기다.

3. 사랑과 치유도 하나

「사랑의 전문가」와 (적어도 시의 제목과) 희미하게 연결돼 있을지 모를 일을 하나 알고 있다. 세월호 참사 이후 진은영은 안산에 치유공간 '이웃'을 연 정신건강의학과 전문의 정혜신을 만나러 갔고, 그들이 나눈 대화가 한 권의 책으로 묶여 나왔다.[6] 정혜신을 만나 진은영이 도달한 결론 중 하나는 상처 입은 이들에 대한 사랑이란 "아둔한 정도로 희생적이고 선량한 마음"이 아니라 "실질적인 도움이 되는 것이 무엇인지 치밀하게 헤아리는 기민한 정신의 결과물"이라는 것이었다. 진은영은 정혜신을 이렇게 소개한다. "그녀는 사랑의 과학자다." 되돌

6   정혜신·진은영, 『천사들은 우리 옆집에 산다』, 창비, 2015.

아가보면, 기약 없는 기다림 속에서 서로를 사랑하고, 그 사랑의 힘으로 세계의 불의와 싸우는 『A가 X에게』의 두 인물을 가리켜 소설의 역자는 "사랑과 저항이 하나로 묶인" 사람들이라고 설명해주었었다.[7] 사랑도 하고 저항도 하는 것이 아니라, 사랑이 곧 저항이고 저항이 곧 사랑이라는 것. 정혜신과 진은영의 대화를 읽으면 '사랑과 치유가 하나로 묶인' 두 사람이 우리 곁에 있다는 사실을 알게 된다. 이제 우리는 다시 2014년의 봄으로 되돌아가야 한다.

단원고 2학년 3반 유예은은 4월 16일 침몰 당시 세월호에 탑승해 있었고 집을 떠날 때의 그 모습으로 돌아오지 못했다. 이 시집의 2부('한 아이에게')가 예은과 그의 가족에게 바쳐졌다. 2014년 10월 15일, 예은의 열일곱번째 생일을 앞두고 시인 진은영은 예은의 목소리로 발화해야 하는 시, 소위 '생일시'를 청탁받는다.[8] 타인을 대신해 그의 목소리로 말한다는 것, 어떤 시인에게는 가장 쉬운 일이지만 어떤 시인에게는 가장 어려운 일이다. 소설가

---

7 존 버거, 같은 책, 옮긴이의 말, p. 229.
8 "아이에게 잘 있다는 말 한마디만 들을 수 있으면 숨을 쉴 수 있을 것 같다"는 부모들의 말을 듣고 정혜신과 이명수가 시인들에게 의뢰한 것으로, "아이의 시선으로 쓰는 '육성시'"를 요청받은 시인들이 이에 응해 시를 완성했으며, 아이들의 생일날 참석자들이 돌아가며 낭송하는 방식으로 헌정되었다. 이때 쓰인 시들은 다음 책으로 묶여 나왔다. 곽수인 외, 『엄마. 나야.』, 난다, 2015.

가 '소설은 이야기인가?'라는 질문을 받으면 "기운 없고 유감스러운 어조drooping regretful voice"로 '그렇다'고 말해야 한다던가. 사람들은 흥미진진한 이야기에만 관심을 두지만, 진정한 소설가는 이야기는 미끼에 불과할 뿐 예술성은 소설의 다른 요소에 담긴다는 것을 알기 때문이라는 것이었다.[9] '시는 복화술인가?'라는 질문은 어떨까. 일단은 옳다고 해야 하리라. 발언권을 부여받지 못한 모든 생명과 사물을 대변하는 것이 시인의 일이라고 말이다. 그러나 그렇게 대답할 때의 어조는 불안하게 떨리는 것이어야 한다. 그것은 어렵고 위험한 일이니까. 목소리를 빌려주겠다고 한 일이 오히려 목소리를 강탈하는 결과를 낳을 수도 있으니까.

그렇게 불안하게 떨리는 목소리로, 시인은 이런 것을 물어야 한다. '그런 시 쓰기는 고인을 이용하는 일이 아닌가?' 사람은 수단이 아니라 목적이어야 한다고 우린 알고 있지 않은가 말이다. 그러나 최소한 생일시 프로젝트에 참여한 시인들에게 그것은 문제가 될 수 없었다. 그런 시를, 바로 유가족이 원했으므로. "나는 잘 있어요"라는 아이의 말을 그 누구의 입을 통해서든 듣고 싶어 했으므로. 이 경우는 시인이 아이를 수단으로 삼는 일이

---

9   E. M. Foster, *Aspects of the Novel(1927)*, Penguin Books, 2005, ch.2.

아니라 시인 자신이 유가족의 수단이 되는 일인 것이다. 남은 질문이 하나 더 있다. 그리고 이것은 가혹한 질문이다. '그렇다면 가족들에게는 시인이 그런 일을 하도록 승인할 권리가 있는가?' 원칙적으로는 없다. 그 권리는 예은 본인에게만 있으니까. 그런데 이렇게 생각해볼 수는 없을까. 이 승인이 사실은 예은 본인의 것이라면? 이 결정을 승인한 누군가의 내부에 예은이 존재한다면 그 승인은 곧 예은의 것이 된다는 말이다. 예은 본인을 제외한다면 예은이 '가장 많이' 존재하는 곳은 부모의 내부일 것이다. 말장난처럼 들릴지도 모른다. 나눌 수 없는 개인(個人, in-dividual)이 어떻게 여러 곳에 분산 존재한다고 상상할 수 있단 말인가.

아니, 상상할 수 있다. 누구도 온전히 자기 자신만일 수는 없다. 우리는 누군가와 시간을 보내고 또 소통하면서 그를 자기 안에 들인다. 이 일이 쌍방향으로 일어날 때 우리는 서로를 나눠 가지면서 '나도 그도 아닌' 제3의 존재가 된다. 내 말과 행동 속에 그의 영향이 배어 있다고 느낄 때 나는 내 안의 그와 함께 살아가고 있는 것이다. 설사 상대방이 세상을 떠난다 하더라도 말이다. 그때 내가 하는 말은 나를 통해 그가 하는 말이고, 이제 그는 나를 통해서만 말할 수 있게 되는 것이다.[10] 이 말이

10 나는 이런 방식으로 생각하는 법을 일본의 소설가 히라노 게이치로

맞는다면, 예은이 없는 이곳에서, 예은 대신 그의 권한을 행사하거나 그의 목소리를 빌릴 수 있는 사람은 제 안에 예은을 가진 사람뿐이다. 누구도 필요한 시간을 생략하고 타인을 내부에 가질 수는 없다. 영매처럼 빙의되어 단숨에 시를 쓰는 이도 있겠으나 짐작하건대 진은영이 그랬을 것 같지는 않다. 몇몇 이들에게 분산돼 존재하는 예은을 그 일부라도 자기 안에 들여놓기 위해 그의 흔적들과 시간을 보내고, 그 시간만큼 늘어날 예은을 끈질기게 기다렸으리라. 비로소 내 안의 예은이 스스로 말할 수 있도록.

그러고 나서 진은영은 「그날 이후」라는 시를 썼다. 눈물이 나는 이런 시를 앞에 두고 분석이라는 것을 할 필요가 있을까 생각할 사람도 있겠지만 그렇지 않다. 이 시 쓰기는 아주 조심스럽고 어려운 사랑의 작업인데, 앞서 말했듯 사랑은 과학이니까, 이런 시야말로 빈틈없이 정교하게 쓰이지 않으면 안 되는 것이다. 이 시는 꼭 있어야 할 내용 요소들이 적절한 순서로 결합하여 완성된 결과물이다. 제일 먼저 (그리고 부모보다 먼저) 아이의 '미안해'가 나와야 하는 것은 아이가 부모를 원망하지 않고 있음을 알려줘야 하기 때문이다. 두번째로 가장 중요

에게서 배웠는데, 히라노 게이치로는 오에 겐자부로에게서 배웠다고 밝히고 있다. 히라노 게이치로, 『나란 무엇인가』, 이영미 옮김, 21세기북스, 2015, pp. 186~91.

한 메시지인 '난 잘 있어'가 나와서 부모의 자책을 막아내야 한다. 세번째로는 살아 있는 이들이 해야 할 일이 적혀야 한다. 살아야 할 이유를 마련해주고, 살아내달라고 당부해야 하기 때문이다. 그리고 네번째로 아이는 '고맙다'고 말할 수도 있다. 어쩌면 바로 이 대목에서만큼은 아이의 목소리와 시인의 목소리가 협화음을 이루고 있다고 말해야 할지도 모른다. 무엇이 왜 고맙다는 것인가, 그 이유 속에 시인이 우리 모두에게 들려주고 싶었을 말이 담겨 있다.

아빠 아빠
나는 슬픔의 큰 홍수 뒤에 뜨는 무지개 같은 아이
하늘에서 제일 멋진 이름을 가진 아이로 만들어줘 고마워
엄마 엄마
내가 부르고 싶은 노래들 중 가장 맑은 노래
진실을 밝히는 노래를 함께 불러줘 고마워

엄마 아빠, 그날 이후에도 더 많이 사랑해줘 고마워
엄마 아빠, 아프게 사랑해줘 고마워
엄마 아빠, 나를 위해 걷고, 나를 위해 굶고, 나를 위해 외치고 싸우고
나는 세상에서 가장 성실하고 정직한 엄마 아빠로 살려

는 두 사람의 아이 예은이야

　　나는 그날 이후에도 영원히 사랑받는 아이, 우리 모두의
예은이

—「그날 이후」 부분

　　위에서 "슬픔의 큰 홍수 뒤에 뜨는 무지개 같은 아이"라
는 구절은 '노아의 방주' 이야기를 지시하는 것일까. 언
니 하은과 동생 예은은 쌍둥이 자매인데, 이름으로 짐작
하건대 크리스천 가정일 테고, 각각 '하느님의 은혜'와
'예수님의 은혜'를 뜻할 테니까 말이다. 구약에서 대홍수
이후에 무지개가 떴듯이, 그렇게 예은이 희망의 이름이
되리란 믿음 혹은 기원.[11] 그러나 무지개처럼 저절로 주
어진 구약의 희망과는 달리, 2014년의 유가족들은 스스
로 희망을 만들기 위해 싸우지 않으면 안 되었다. 그리
고 그 희망은 무엇보다 먼저 "진실을 밝히는 노래"를 부
르는 일로부터 시작될 것이었다. 그러기 위해 그들은 걷
고, 굶고, 외치고, 싸웠다. 그들의 곁에서 시인은 예은과
함께 생각한다. 이것은 예은의 부모가 지금 이곳에 없
는 예은을 사랑하는 방식이라고, 그리고 그들은 지금 최
선을 다해 예은을 사랑하고 있다고 말이다. 이 시는 '사

11　해설을 마무리할 무렵 뒤늦게 예은의 이름에 '무지개 예(霓)'가 쓰
　　였다는 사실을 알게 됐다. 시인은 이것까지 고려하여 시 속에 무지
　　개를 띄웠을 것이다.

랑과 치유는 하나'임을 증명하기 위해 시작된 프로젝트
의 산물이지만, 보다시피 시인은 여기에 '사랑과 저항은
하나'라는 자신의 또 다른 믿음도 포개어 놓았다. 진실이
없다면 치유는 불가능하다는 것을 시인은 너무도 잘 안
다. 이 가족을 위해 쓰인 시는 두 편 더 있고, 둘 모두에
'진실'이라는 시어가 있다.

> 너는 이제 다 커버렸는데
> 그때나 지금이나 우리는 똑같다
> 바뀐 그림 하나 없이
>
> 어린 소녀에서 어린 청년으로
> 아이에서 농민으로
> 바다에서 지하도로, 혹은 공장으로
> 너무 푸른 죽음의 잎들
>
> [……]
>
> 예은아, 진실과 영혼은 너무 가볍구나
> 거짓됨에 비해,
> 진실과 영혼은 너무 가볍구나
> 모시옷처럼
> 등 뒤에 돋는 날개처럼

양팔 저울의 접시에 고이는 네 눈물
너의 별 쪽으로 더 기울어지려고
광장 위 가을 하늘이 자꾸만 태어났다 쏟아진다

      —「천칭자리 위에서 스무 살이 된 예은에게」 부분

십자가에 꿰뚫린 채 돌아다니는 작은 양들, 진창 속에서
관절이 뒤틀린 채 피어나는 꽃줄기
흰 무릎아, 넌 기어서 어디로 가는 거니

진실이 어서 세상으로 나오기를
갈비뼈를 부수고 튀어나온 심장처럼

얘야, 그런 순간이 오겠지?
아빠가 물으신다
기억의 앙상한 손가락으로 네 젖은 머리를 쓰다듬으며

그때까지
우리는 의심의 회색사과를 나눠 먹을 거야

진실이여, 너에게 주고 싶다
너울거리는 은유의 옷이 아니라

은유의 살갗을

벗기면 영혼이 찢어지는 그런 거

—「아빠」부분

'생일시' 이후 3년이 흐른 2017년 예은의 스무번째 생
일에 시인은 다시 예은을 위해, 이번에는 시인 자신의
목소리로 시를 썼다. 참사 이후에도 달라진 것 없는 이
나라에선 억울한 죽음이 계속되고 있다고, 잴 수 없을
만큼 무거워야 할 진실과 영혼의 무게가 이곳에서는 너
무도 가볍다고 말이다. 그래서 시인은 인용한 대목 후반
부에서 놀랍도록 힘 있는 이미지를 세운다. 천공의 저울
에서 진실과 영혼이 놓인 쪽의 무게를 높이기 위해 하늘
이 자꾸만 태어나 쏟아진다는 것. 어느 날의 광장 하늘
에서는 예은의 눈물처럼 비가 내리고 있었던 걸까. 아마
도 이는 천칭자리인 예은을 위해 그 천칭(天秤)이 '정의
의 여신'이 가지고 다니던 저울이었다는 신화를 받아들
여 만든 이미지일 것이다. 뒤의 시는 예은 아버지의 마
음으로 써보려 한 시로 짐작된다. '꿰뚫린 육체, 뒤틀린
관절, 기어가는 무릎' 등에는 진실을 밝혀내기 위한 싸
움의 지난한 고통이 육화되어 있고, 의심을 무기로 싸우
다 보면 끝내 밝혀질 것으로 기대되는 진실의 강력한 탄
성은 "갈비뼈를 부수고 튀어나온 심장"의 이미지를 얻

었다. 자신의 은유가 진실을 두르는 옷이 아니라 진실의 육체 그 자체가 될 수는 없는지를 탄식하는 마지막 대목은 제 한계를 안타까워하는 시인 자신의 목소리다. 아빠의 시가 있으니 엄마의 시도 있을 법하다.

진흙 반죽처럼 부드러워지고 싶다
무엇이든 되고 싶다

흰 항아리가 되어 작은 꽃들과 함께 네 책상 위에 놓이고 싶다
네 어린 시절의 큰 글씨를 영원히 기억하고 싶다
학년이 올라갈 때마다 알맞게 줄어드는 글씨를 보고 싶다
토끼의 두 귀처럼 때때로 부드럽게 접힐 줄 아는 네 마음을 보고 싶다
베여 나간 나무 밑동의 향기에 인사하듯 길게 구부러지는
너의 훌쩍 자란 등뼈를 만져보고 싶다

세상의 비밀을 전해 듣고
분노 속에서 네가 무엇도 만질 수 없을 것 같은 고통을 느낄 때
단 하나의 사물이 되고 싶다

네 손에 잡혀 벽을 향해 던져지며 부서지는 항아리가

단단하게 굳어 제대로 모양 잡힌 기억이

—「죽은 엄마가 아이에게」부분

　역시 세월호 사건의 희생자에게 바쳐진 작품이지만, 시인이 2부를 헌정한 예은의 가족과는 다른 가족의 이야기여서 3부에 배치됐다. 아빠, 엄마, 아들이 세월호에 올랐으나 엄마의 유해만 돌아왔고 부자는 끝내 돌아오지 못했다. 땅에 묻힌 엄마가 바닷속 어딘가에 있을 아이에게 하는 말들이다. 흙이 된 엄마가 아들과 함께 보내지 못한 미래를 슬퍼하며 꿈꾸는 것은 "진흙 반죽처럼 부드러워지"는 일이다. 그래서 아이의 책상 위에 놓이는 흰 항아리가 되고 싶다는 것. 그것은 곁에 있고 싶다는 마음일 것이다. 그런데 그다음 대목에서 엄마의 그 마음은 자식이 분노와 고통 속에 있을 때 집어던져 부숴버릴 만한 것이 되고 싶은 마음이기도 하다고 이 시는 적고 있다. 한 번 읽고 나면 영원히 잊히지 않을 이 문장을 그저 지극한 모성을 표현한 것이라고 말해선 안 될 것이다. 죽을 때 아이를 꼭 붙들지 못했다는 엄마의 죄책감이 엄마를 죽음 이후에도 놓아줄 생각이 없는 것이리라. 아이가 분노와 고통을 느끼게 될 "세상의 비밀"은 무엇일까. 아이들을 구해내지 못한 이유가 비밀일까, 그런 세상을 지금 살아 있는 우리가 만들었고 아직 충분히 바꾸지 못했다는 사실이 비밀일까.

4. 그리고 사랑과 예술도 하나

　사랑과 저항은 하나이고 사랑과 치유도 하나라고 시집 전체가 작게 말하고 있을 뿐, 어떤 시도 직접적으로 크게 말하고 있진 않다. 시를 쓸 때만큼은 감각적 이미지를 통해 발언해야 한다는 지난 세기 초 모더니스트의 직업윤리를 배운 것처럼 진은영은 쓴다. '시란 감정의 방출이나 자기personality의 표현이 아니라 그것들로부터의 도피여야 한다'는 T. S. 엘리엇의 주장은 유명하지만, 어쩌면 그가 덧붙인 다음 말이 더 중요할지도 모른다. "물론 감정과 자기를 가진 사람이라야 그것으로부터 도피한다는 게 무엇을 뜻하는지도 알 것이다"(「전통과 개인의 재능」). 진정한 '도피'는 그 자신을 들킨다. 진은영의 정련된 이미지들 뒤에는 얼마나 많은 사유와 감정이 들끓고 있는가. 더 중요한 것은 사유와 감정이 하나의 언어로 표현된다는 것이다. "보통 사람"이 "연애를 하거나 스피노자를 읽으면" 그 둘은 별개의 일이 되지만, 17세기 영국의 형이상학파 시인들처럼 "지적인 시인intellectual poet"은 "사상을 장미 향기처럼 직접 느낀다"라고 한 것도 엘리엇이었다(「형이상학파 시인」). 이런 의미에서의 지적인 시인으로 우리가 진은영을 떠올리는 것은 이제 너무도 자연스러운 일이 됐다.

진은영이 높은 수준에서 통합하는 데 성공한 것은 '스피노자와 연애'만이 아니다. 그는 "좋은 시인은 잘 싸우는 사람이고 그의 시는 분쟁으로 가득한 장소"[12]라고 단호하게 말하는 사람이다. 그런데도 그의 시는 이토록 아름다워지는 데 성공한다. 이것을 분쟁과 아름다움의 통합이라고 해야 할까. 브레히트는 어디선가 '아름다움이란 어려움을 해결하는 것'이고 그런 의미에서 '일종의 행위'라고 말한 적이 있다.[13] 아름다움은 분쟁을 진정으로 해결하는 돌파일까, 아니면 해결됐다고 믿게 하는 유혹일까. 브레히트의 말이 아름다움에 대한 찬양인지 냉소인지 오랫동안 헷갈렸는데 정혜신의 다음 말은 그 답을 비스듬하게 알려준다. 인간은 아름다움을 경험할 때 온전한 존재가 되려는 힘이 강해지기 때문에, 삶이 부서진 어떤 사람에게 '예술적 자극'은 곧 '치유적 자극'이 된다는 것.[14] 그렇다면 아름다움(예술)은 인간을 '해결'하는 사랑의 작업이 되고, 그렇게 치유되면서 우리는 '해결되지 않는 분쟁'과 다시 맞설 힘을 얻게 된다. 아름다운 세

---

12 진은영, 앞의 글.
13 브레히트, 「무엇이 아름다운가?」, 『시의 꽃잎을 뜯어내다』, 이승진 편역, 한마당, 1997, p. 47.
14 정혜신·진은영, 같은 책, 6장.

상에 대한 꿈을 포기할 수 없게 만드는 아름다움, 진은
영은 그런 것을 가졌다.▨